文春文庫

秋山久蔵御用控

傀儡師《くぐつし》

藤井邦夫

文藝春秋

目次

「秋山久蔵御用控」江戸略地図

実際の縮尺とは異なります

日本橋を南に渡り、日本橋通りを進むと京橋に出る。京橋は八丁堀に架かっており、尚も南に新両替町、銀座町と進み、四丁目の角を右手に曲がると外堀の数寄屋河岸に出る。そこに架かっているのが数寄屋橋御門であり、渡ると南町奉行所があった。南町奉行所には〝剃刀久蔵〟と呼ばれ、悪人を震え上がらせる一人の与力がいた……

秋山久蔵御用控・登場人物

秋山久蔵（あきやまきゅうぞう）
南町奉行所吟味方与力。〝剃刀久蔵〟と称され、悪人たちに恐れられている。何者にも媚びへつらわず、自分のやり方で正義を貫く。「町奉行所の役人は、お奉行の為に働いてるんじゃあねえ、江戸八百八町で真面目に暮らしてる庶民の為に働いているんだ。違うかい」（久蔵の言葉）。心形刀流の使い手。普段は温和な人物だが、悪党に対しては、情け無用の冷酷さを秘めている。

弥平次（やへいじ）
柳橋の弥平次。秋山久蔵から手札を貰う岡っ引。柳橋の船宿『笹舟』の主人で〝柳橋の親分〟と呼ばれる。若い頃は、江戸の裏社会に通じた遊び人。

幸吉（こうきち）
弥平次の下っ引。

長八、寅吉、雲海坊、由松、勇次、伝八（ちょうはち、とらきち、うんかいぼう、よしまつ、ゆうじ、でんぱち）
夜鳴蕎麦屋の長八、鋳掛屋の寅吉、托鉢坊主の雲海坊、しゃぼん玉売りの由松、船頭の勇次。弥平次の手先として働くものたち。伝八は江戸でも五本の指に入る、『笹舟』の老練な船頭の親方。

神崎和馬（かんざきかずま）
南町奉行所定町廻り同心。秋山久蔵の部下。二十歳過ぎの若者。

香織（かおり）
久蔵の後添え。亡き妻・雪乃の妹。惨殺された父の仇を、久蔵の力添えで討った過去がある。初めての子供を身籠っている。

与平、お福（よへい、おふく）
親の代からの秋山家の奉公人。

おまき
弥平次の女房。『笹舟』の女将。

お糸（おいと）
弥平次、おまき夫婦の養女。

小川良哲（おがわりょうてつ）
小石川養生所本道医。養生所設立を公儀に建白した小川笙船の孫。

お鈴（おすず）
小石川養生所の介抱人。浪人の娘で産婆見習い。

五郎八（ごろはち）
小石川養生所の下働き。

平七、庄太（へいしち、しょうた）
神明の平七。南町奉行所の定町廻り同心から手札を貰う岡っ引と下っ引。

白縫半兵衛（しらぬいはんべえ）
北町奉行所の老練な臨時廻り同心。〝知らぬ顔の半兵衛さん〟と称される。〝南の久蔵〟〝北の半兵衛〟とも呼ばれ、一目置かれる人物。

半次、鶴次郎（はんじ、つるじろう）
本湊の半次、役者崩れの鶴次郎。半兵衛に手札を貰う岡っ引とその仲間で幼馴染み。

この作品は「文春文庫」のために書き下ろされたものです。

秋山久蔵御用控

傀儡師《くぐつし》

第一話

傀儡師《くぐつし》

一

睦月《むつき》——二月。

正月の賑わいも過ぎ、鶯が鳴いて桃の花が咲く頃となった。

南町奉行所吟味与力の秋山久蔵《あきやまきゅうぞう》は、妻の香織《かおり》の給仕で朝餉《あさげ》を食べ終え、庭を眺めながら茶を飲んだ。

桃の花が綻《ほころ》んでも、吹き抜ける風は冷たかった。

「貴方、そろそろお着替えを……」

月番町奉行所の与力・同心は、巳《み》の刻四つ（午前十時）から申《さる》の刻七つ（午後四時）まで出仕《しゅっし》する事になっている。しかし、同心たちの殆どは、辰の刻五つ（午前八時）には動いていた。

巳の刻四つの出仕の刻限が近づいていた。

「うむ」

久蔵は香織に促され、次の間に立って着替えを始めた。香織は、目立ち始めた腹を抱えて着替えの介添えをした。

　式台にはお福とお糸が待ち、下男の与平が玄関先に控えていた。

　久蔵が、刀を捧げ持った香織を従えて奥からやって来た。

「旦那さま。お気をつけて……」

　与平の女房のお福は、肥った身体を揺らして息を鳴らした。

「お福、無理はするなよ」

「それはもう。ありがとうございます」

　お福は、久蔵の気遣いに礼を述べた。

「お糸、頼んだぞ」

「はい」

　お糸は、若々しい顔を輝かせて頷いた。

　久蔵は、香織から刀を受け取って腰に差した。

「では、行って来る」

　久蔵は式台を降りた。

「いってらっしゃいませ」

香織が頭を下げ、お福とお糸が続いた。

「お供します」

玄関を出た久蔵に、控えていた与平が従った。

「うむ……」

久蔵は与平を従え、香織やお福・お糸に見送られて組屋敷を出た。

久蔵と与平は、八丁堀岡崎町《はっちょうぼりおかざきちょう》から数寄屋橋《すきやばし》御門内の南町奉行所に向かった。


空は青く澄み、八丁堀の流れは陽差しに煌《きら》めいていた。

久蔵は、後を来る老いた与平の足取りに合わせて進んだ。

与平の足取りは、年毎に弱くなり遅くなっていた。

与平とお福夫婦は、親の代からの奉公人であり、久蔵を助けて秋山家の切り盛りをして来た。

久蔵は、先妻の雪乃《ゆきの》が病死してから長い独り身の時を過ごした。そして、父親を亡くした雪乃の妹の香織を引き取り、義理の兄妹として暮らした。やがて、香織は久蔵の後添えとなり、去年の暮れに懐妊し、船宿『笹舟《ささぶね》』の娘のお糸を手伝いに頼んだ。

お糸は、浪人だった実の父親を事件で亡くし、船宿『笹舟』の弥平次《やへいじ》とおまき夫婦に引き取られて養女になった。

弥平次は、〝柳橋の弥平次〟と呼ばれる江戸でも名高い岡っ引だった。

久蔵は弥平次を信頼し、弥平次は久蔵を敬《うやま》っており、二人は幾つもの事件を解決して来ていた。

久蔵と与平は、八丁堀沿いの道を西に向かい、楓川《もみじがわ》に架かる弾正橋《だんじょうばし》の袂《たもと》に出た。

「与平、御苦労だった。屋敷に戻ってくれ」

久蔵は、与平を弾正橋で屋敷に帰していた。

「いいえ。旦那さま、今日は南の御番所までお供致します」

与平は、下男としての役目を果たそうとした。

「それには及ばねえ。屋敷は女ばかり、男手がなければ何かと不便だ。戻ってやるんだな」

久蔵は笑った。

「そうですか、申し訳ありません」

与平は、久蔵の思いやりに感謝した。

「じゃあ、気を付けて帰りな」

「はい。それでは御無礼致します」

与平は、久蔵に会釈をして組屋敷に帰って行った。

与平も歳を取った……。

久蔵は、与平の痩せた後ろ姿を心配げに見送った。


日本橋川に架かる日本橋は、大勢の人々が忙しく行き交っていた。

南町奉行所定町廻り《じょうまちまわ》同心の神崎和馬《かんざきかずま》は、下っ引の幸吉《こうきち》と共に日本橋北詰の茶店で温かい茶をすすっていた。

突然、日本橋の上から怒号と悲鳴があがり、行き交っていた人々が逃げ降りてきた。

「和馬の旦那」

幸吉は、弾かれたように立ち上がった。

「おう」

幸吉と和馬は、着物の裾を端折《はしょ》って猛然と日本橋に駆けあがった。

日本橋の上では、薄汚れた袴の浪人が抜き身を振り廻し、逃げ惑う人々を追い廻していた。

「何をしている」

和馬と幸吉は十手を構え、逃げ惑う人々を庇って浪人に立ちはだかった。

無精髭の浪人は、髪を乱し獣のような咆吼をあげ、刀を振り廻して日本橋の南詰に駆け降りた。

「待て……」

和馬と幸吉は追った。

日本橋南詰の高札場で橋の上を窺っていた人々が悲鳴をあげて散った。

浪人は虚ろな眼をし、刀を振り廻して獣のように駆け廻った。

幸吉は、傍らに放り出されていた天秤棒を拾い、浪人の向こう臑を払った。天秤棒が向こう臑の骨を打つ乾いた音が鳴った。次の瞬間、浪人はその場に膝を突いた。

和馬は、浪人に組み付いて十手で刀を叩き落とした。浪人は、獣の様な咆吼をあげて和馬の頰を殴った。

「野郎。やりやがったな」

和馬は浪人を殴った。浪人は、虚ろな眼をして暴れた。幸吉は、暴れる浪人を必死に押さえ、和馬は殴った。

土埃が舞い上がった。

和馬は、十手の柄を浪人の鳩尾《みぞおち》に叩き込んだ。浪人は、虚ろな眼を苦しげに歪めて意識を失った。

和馬は、大きな吐息を洩らした、

「大丈夫ですかい。和馬の旦那」

「ああ。何だこいつ……」

和馬は、殴られた頬を撫でた。

気を失った浪人は、無精髭を伸ばした貧相な中年男でしかなかった。

「乱心者ですかね……」

幸吉は、気を失っている浪人に手早く縄を打った。

「神崎の旦那、幸吉っつあん……」

顔見知りの木戸番が、自身番の店番と駆け付けて来た。

「怪我人を頼む。こいつを大番屋に引き立てる。大八車を借りて来てくれ」

自身番の店番が怪我人を助け、木戸番が大八車を借りに走った。

南町奉行所は外濠に架かる数寄屋橋御門内にある。

久蔵は、例繰方《れいくりかた》から借りた御仕置裁許帳《おしおきさいきょちょう》を参考にし、町奉行に出す書類を作っていた。

「秋山さま……」

神崎和馬が、着物の埃を払いながらやって来た。

「おう。和馬か……」

「お邪魔します」

和馬は、長い脛を持て余すように座った。

「どうした」

「秋山さま、傀儡《くぐつ》人形を御存知ですか」

和馬は、若々しい顔に悪戯っぽさを過《よ》ぎらせた。

「傀儡人形……」

久蔵は戸惑った。

〝傀儡〟とは、歌に合せて踊らせる操り人形を称した。

「はい」

「操り人形がどうかしたのかい」

「ええ。日本橋で血迷ったように刀を抜いて暴れた、山口清之助と申す浪人がいましてね。幸吉と捕り押さえて茅場町《かやばちょう》の大番屋にぶち込んだのですが、落ち着いてみると、暴れた事は勿論、何も覚えていませんでしてね。本人の話ではまるで誰かに操られたようだと……」

「それで傀儡人形か……」

久蔵は苦笑した。

「はい。如何思いますか……」

「和馬、浪人が傀儡人形なら操る傀儡師が必ずいるはずだ。浪人、そいつに関してはどう云っているんだい」

「そうか。そいつはまだでして……」

和馬は、頰を僅かに赤らめた。

「よし。和馬、俺も傀儡人形の浪人に逢ってみるぜ」

久蔵は、浪人が傀儡人形にされたかもしれない件に興味を抱いた。

庭先から冷たい風が吹き抜けた。


南町奉行所を出た久蔵と和馬は、外濠に架かる数寄屋橋御門を渡って日本橋茅場町の大番屋に向かった。

大番屋は、〝調べ番屋〟とも云い、容疑者を留置して取り調べをする処であり、江戸に七カ所あるとされている。

茅場町の大番屋は、日本橋川の鎧《よろい》ノ渡《わたし》の近くにあった。

久蔵と和馬は、京橋を渡って日本橋通りを北に進んだ。そして、日本橋の高札場の前を東に折れ、楓川に架かる海賊橋を越えて茅場町に入った。


久蔵と和馬は、茅場町の大番屋に入った。

「こりゃあ、秋山さま……」

下っ引の幸吉が、大番屋の役人と共に久蔵と和馬を迎えた。

「やあ。幸吉……」

「浪人、何か分かったか」

和馬は尋ねた。

「いえ……」

幸吉は、首を横に振った。

「よし、和馬。その山口清之助、詮議所に呼んでくれ」

「心得ました」

和馬と幸吉は、浪人の山口清之助を留置してある仮牢に入っていった。

久蔵は、大番屋の小者が淹れてくれた茶を飲み、詮議所に向かった。

詮議所は薄暗く、壁際に突棒《つくぼう》、刺又《さすまた》、袖搦《そでがらみ》の三道具の他に笞《むち》や石責めの十露盤《そろばん》板や石などの責め道具があり、容疑者を不気味に威嚇していた。

髭面の浪人・山口清之助が詮議所に引き立てられて来た。

久蔵は、和馬と幸吉に土間の筵《むしろ》に引き据えられる山口を見守った。

山口は、筵の上で貧相な身体を縮めた。

「山口清之助、南町奉行所吟味与力秋山久蔵さまだ。神妙にお答え致せ」

和馬は、山口を睨み付けた。

「は、はい……」

山口は、怯えを滲ませて久蔵を窺った。

「山口、お前、日本橋で暴れたのを、本当に覚えちゃあいねえのか」

久蔵は山口を見据えた。

「はい。急に気が遠くなり、頭の中が真っ白になって……」

「暴れたのか……」

「はあ。きっと……」

山口は、気が遠くなって意識を失い、傀儡人形のように暴れた。

「じゃあ、気が付いたのはいつだい」

「はあ。同心の旦那たちに捕り押さえられた時、不意に我に返ったような……」

山口は、満面に困惑を浮べて首を捻った。

「それで、初めて自分のした事を知ったのか」

「はい……」

「山口、お前、気が遠くなる寸前、誰かにやれと命じられた覚えはないか……」

久蔵は、傀儡師の存在を探った。

「気が遠くなる寸前、誰かに命じられた覚えですか……」

山口は眉をひそめた。

「ああ。ないか……」

「はい」

「そうか……」

山口の話では傀儡師はいない。

「命令や人の声ではないが、咳払いを二度ほど聞いたような……」

山口の言葉に確かな自信はなかった。

「咳払いを二度……」

「はい。それから、急に気が遠くなったような……」

「そうか……」

久蔵は眉をひそめた。


「如何でした……」

和馬は、久蔵に睨みを訊いた。

「はっきりしねえが、何者かに操られて傀儡人形にされたのは、おそらく間違いねえだろう」

久蔵は、小者が淹れてくれた新しい茶をすすった。

「やっぱり……」

和馬は眉をひそめた。

「って事は、やっぱり傀儡師が潜んでいるんですかね」

幸吉は困惑を浮べた。

「きっとな……」

久蔵は頷いた。

「傀儡師、どうやって山口を傀儡人形にしたのでしょう」

幸吉は、久蔵に尋ねた。

「そいつが良く分からねえ」

久蔵は苦笑した。

「どうしたらいいですかね」

和馬は困惑を滲ませた。

「山口清之助の素性、分かっているのか」

「親の代からの浪人で、日雇い仕事をしながら堀江町の堀端長屋《ほりばたながや》で一人暮らしです」

堀江町は日本橋川の向こうにあり、鎧ノ渡の渡し舟を使えば遠くはない。

幸吉に抜かりはなく、和馬が南町奉行所に行っている間に堀端長屋を訪れていた。

「評判はどうなんだい」

「それが、酒好きの怠け者って専《もっぱ》らの評判なんですが、長屋の連中にはそれなりに好かれていました」

幸吉は告げた。

「人は善いって奴か……」

久蔵は苦笑した。

「はい……」

幸吉は、久蔵に釣られて小さく笑った。

「ま、剣の腕も大した事はないようだし、人柄だけが取り柄かもしれないな」

「はい。刀は手入れも悪く、かなりのなまくらです」

和馬は嘲りを過ぎらせた。

「よし。とにかく山口清之助の身辺、特にどんな奴と付き合っているのか、詳しく調べてみるのだな」

久蔵は指示した。

和馬と幸吉は、浪人の山口清之助の交友関係を詳しく調べる事にした。


大川には冷たい風が吹き抜けていた。

久蔵は、船宿『笹舟』の暖簾を潜った。

「邪魔をするぜ」

『笹舟』の土間の大囲炉裏には炭が真っ赤に熾《お》き、五徳に置かれた茶釜から湯気があがっていた。

「こりゃあ、秋山さま。お久し振りで……」

『笹舟』の船頭の親方の伝八《でんぱち》が、大囲炉裏の前から立ち上がって久蔵に挨拶をした。

「やあ。伝八の親方、達者かい」

久蔵は、大囲炉裏を囲む縁台に腰掛けた。

「へい。お陰さまで……」

伝八は、久蔵に熱い茶を淹れてくれた。

「どうぞ」

「すまねえな。処で弥平次親分はいるかな」

「へい。少々、お待ちを……」

伝八は、框《かまち》に膝を突いて奥に叫んだ。

「親分、女将さん、秋山さまがお見えですぜ」

伝八の川風で鍛えた塩辛声が、『笹舟』の奥に響いた。

「どうぞ……」

女将のおまきは、久蔵に酒を勧めた。

「すまねえな……」

久蔵は、おまきの酌を受けた。

「奥さま、如何でございます……」

おまきは、妊婦の香織を心配した。

「順調だそうだ」

「それは、ようございました」

「うむ。それからお糸は達者でやっているぜ」

「左様にございますか……」

おまきは、嬉しげに微笑んだ。

「お屋敷の皆さまの御役に立てていればよろしいのですが……」

弥平次は、心配げに久蔵を窺った。

「なあに、与平とお福は何かとお糸を頼りにしていてな。お糸は良くやってくれているよ」

「それはそれは……」

「親分、女将、お糸は賢い娘だ。何の心配も無用だぜ」

久蔵は微笑んだ。

「ありがとうございます」

弥平次は、嬉しげに猪口の酒をすすった。

久蔵は、弥平次とおまきに子供を心配する親の姿を見た。

「処で親分、幸吉から報せが来たか……」

久蔵は話題を変えた。

おまきは、それとなく座を外した。

「はい。日本橋で刀を振り廻して暴れた浪人を、和馬の旦那とお縄にして大番屋に叩き込んだとか……」

弥平次は、猪口を置いて背筋を伸ばした。

「ああ……」

「そいつが何か……」

弥平次は眉をひそめた。

「弥平次、傀儡らしいぜ……」

「傀儡……」

弥平次は戸惑いを過ぎらせた。

「ああ。傀儡だ」

久蔵は、猪口の酒を飲み干し、日本橋で暴れた浪人山口清之助の事を話し始めた。

大川から吹く風が障子を小刻みに揺らした。

二

堀端長屋のある日本橋堀江町四丁目は、東堀留川《ひがしほりどめがわ》が日本橋川に合流する処にあった。

堀端長屋は吹き抜ける冷たい川風に身を縮めていた。

和馬と幸吉は、浪人の山口清之助の家の腰高障子を開けた。

薄暗い家の中は冷え冷えとしていた。

和馬と幸吉は、家にあがって障子と雨戸を開けた。

狭い家の中には粗末な蒲団が敷かれ、小さな火鉢や貧乏徳利があった。そして、掃除もしていないのか、家の隅には塵や埃が溜っていた。

和馬と幸吉は、家の中に傀儡師と関わりがあるようなものを探した。だが、傀儡師に関わりがありそうなものは何一つなかった。

「これと云って何もありませんね」

幸吉は吐息を洩らした。

「うん。じゃあ、小網町《こあみちよう》の飲み屋に行ってみるか……」

小網町は堀江町の隣町であり、山口清之助の行きつけの飲み屋があった。

和馬と幸吉は、堀端長屋を出て小網町二丁目に向かった。

日本橋川には、荷船が櫓《ろ》の軋みを響かせて行き交っていた。

和馬と幸吉は、日本橋川と東堀留川の合流する処に架かっている思案橋を渡り、小網町二丁目に入った。

山口清之助の馴染の飲み屋『おたふく』は、思案橋を渡った処にあった。

飲み屋『おたふく』は、女将のおよしと父親で板前の宗吉が営んでいた。

和馬と幸吉は、『おたふく』の腰高障子を開けて店に入った。

「邪魔するぜ」

板場から漂う出汁の香りが、和馬と幸吉の鼻をついた。

「申し訳ありません。店はまだ……」

板場から女将のおよしが、前掛けで手を拭いながら出て来た。

「あら、お役人の旦那方ですか……」

およしは、僅かに眉をひそめた。

「女将のおよしかい……」

和馬は尋ねた。

「はい……」

「俺は南町奉行所の定廻りの神崎和馬。こっちは幸吉だ」

「はい……」

およしは、幸吉を一瞥して僅かに頭を下げた。

幸吉は店の中を見廻した。

店は古く、酒の匂いが染み込んでいた。

およしの背後の板場に、料理を作っている老板前の姿が見えた。『おたふく』の主でおよしの父親の宗吉だ。

宗吉は、黙々と料理を作っていた。

「馴染客に山口清之助って浪人がいるな」

和馬は質問を始めた。

「山口の旦那、何かしたんですか……」

およしは、和馬に探る眼を向けた。

「昨夜も来ていたな」

和馬は構わず尋ねた。

「ええ……」

およしは頷いた。

「誰かと一緒だったのか」

「一人で来ましたけど、他のお客さんと飲んでいましたよ」

「他のお客って、誰だい」

「職人や人足、それから浪人さんに御隠居さん。いろんなお客さんですよ」

山口は、一人で『おたふく』を訪れ、他の様々な客と酒を酌み交わしていた。

「特に親しく飲んでいた奴はいなかったかな」

「さあ。取り立てて気が付きませんでしたけど……」

「そうかい……」

老板前の宗吉は、和馬や幸吉を気にも止めない様子で料理を作り続けていた。

「で、山口清之助はどうした」

「看板までいて帰りましたよ」

「看板、何時だい」

「亥《い》の刻四つ（午後十時）ですよ」

『おたふく』の店仕舞いは、町木戸の閉まる亥の刻四つだった。

「山口、一人で帰ったのか……」

「ええ……」

「真っ直ぐ家に帰ったのかな」

「さあ、そこまで知りませんよ」

「そうか……」

和馬は眉をひそめた。

「あの……」

およしは、夕陽に赤く染まった腰高障子を気にした。

開店の刻限が近づいていた。

「和馬の旦那……」

幸吉は、和馬に潮時を告げた。

「うん。およし、何か思い出したら報せてくれ。邪魔したな」

和馬と幸吉は、『おたふく』を出た。

「御役に立てずに申し訳ありません」

およしは見送った。


夕陽は日本橋川の流れに映えていた。

幸吉は、屈託のありげに首を捻った。

「どうした」

「いえ。どうもすっきりしなくて……」

幸吉は眉をひそめた。

「俺もすっきりしないよ」

和馬も眉をひそめた。

「和馬の旦那もですか……」

「ああ。何となくだがな」

「あっしもです。親分と相談しておたふくを探ってみますぜ」

「そうしてくれるか」

「ええ……」

江戸の町は黄昏に沈んでいく。

柳橋の弥平次は、幸吉の報告を聞き終えた。そして、手先の鋳掛屋《いかけや》の寅吉《とらきち》としゃぼん玉売りの由松《よしまつ》を呼びに人を走らせた。

「幸吉、こいつは当座の軍資金だ」

弥平次は、長火鉢の抽斗《ひきだし》から紙に包んだ金を差し出した。

「ありがとうございます」

幸吉は、押し頂いて懐に入れた。

「それから、寅吉と由松が来る前に晩飯を済ませるがいいぜ」

弥平次は幸吉に勧めた。

「へい。そうさせていただきます」

幸吉は、船宿『笹舟』の台所に行き、船頭の伝八親方たちと賑やかに晩飯を食べた。

船宿『笹舟』の三度の飯は、台所でいつでも食べられるようになっており、奉公人、船頭、手先たちの誰かがいた。

弥平次は、幸吉が飲み屋『おたふく』に拘《こだわ》りを抱いたのを重くみて、老練な寅吉と威勢の良い由松に探らせる事にした。

半時が過ぎた頃、寅吉と由松がやって来た。

幸吉は、寅吉と由松に浪人山口清之助の一件を教え、飲み屋『おたふく』の様子を探るように頼んだ。

「分かったよ。幸吉……」

「幸吉の兄貴、承知しました」

寅吉と由松は頷いた。

「うん。寅吉さん、よろしくお願いします」

幸吉は、弥平次の古くからの手先であり、尾行や張り込みを仕込んでくれた寅吉に頭を下げた。

「寅吉、由松、こいつは今晩の掛かりだ」

弥平次は、寅吉と由松に金包みを渡した。

「じゃあ親分、行って参ります」

幸吉は、寅吉と由松を伴って小網町に向かった。

「由松、無理押しするんじゃあねえぞ」

弥平次は眉をひそめた。

「へい。心得ております」

由松は、幸吉と寅吉に続いて行った。

飲み屋『おたふく』は賑わっていた。

寅吉と由松は、片隅で酒を飲みながら店の様子を窺った。

店では職人、人足、浪人、お店者《たなもの》など雑多な客が楽しげに酒を飲み、女将のおよしが忙しく働いていた。そして、板場では宗吉が黙々と料理を作っていた。

今の処、妙な客がいるわけでもなく、変わった事もない……。

寅吉と由松は、己の体調と酔いを見計らいながら手酌で酒をすすった。酒を飲まずにいるのは容易い。だが、飲み屋で酒を飲まないのは不審を買うだけだ。寅吉と由松は、女将のおよしに酒や料理を頼み、話を弾ませた。

時は過ぎた。

幸吉は思案橋の袂に潜み、飲み屋『おたふく』に出入りする客を見守った。

職人、人足、浪人……。

様々な客が出入りしていた。

看板の亥の刻四つ時が近づいた。

何事もなく、看板になるのかもしれない。

思い過ごし……。

幸吉は、自分が『おたふく』に抱いた拘りが揺らぐのを感じた。

亥の刻四つになり、『おたふく』は看板の時を迎えた。

客たちは帰り始めた。そして、最後に寅吉と由松が、女将のおよしに見送られて出て来た。

「お気をつけて……」

およしは、寅吉と由松を見送って暖簾を仕舞った。

寅吉と由松は、幸吉の潜んでいる思案橋の袂にやって来た。

「どうでした」

「うん。別にどうって事はなかったが……」

寅吉は戸惑いを過ぎらせた。

「兄貴、酒や肴も安くて美味い良い店じゃありませんかい」

由松は首を捻った。

「客の方はどうだった」

幸吉は眉をひそめた。

「職人、人足、浪人、お店者、客もごく普通の連中でしたぜ」

由松は困惑を滲ませた。

「そうか、客にも妙な野郎はいないか……」

幸吉は肩を落した。

「ええ……」

由松は頷いた。

「ま、強いて妙だと思えば、ねえわけでもないが……」

寅吉は眉をひそめた。

「寅吉さん、そいつは何ですかい」

幸吉は身を乗り出した。

「山口清之助の事だよ」

寅吉は、小さな笑みを浮べた。

「山口清之助……」

幸吉は戸惑った。

「ああ。山口はおたふくの馴染客だったな」

「はい。それが何か……」

「馴染客がお縄になり、大番屋に入れられた事が話の種になっていねえし、山口のやの字も出て来ねえのが、妙と云えば妙で、ちょいと気になるんだがな」

「そう云やあそうですね……」

由松は眉をひそめた。

馴染客がお縄になり、同心と岡っ引が訪れた事実は格好の酒の肴だ。しかし、『おたふく』では、話題や肴に一切なっていないのだ。

寅吉は、それが妙と云えば妙だと云った。

「じゃあ寅吉さん、おたふくの亭主や女将が口を噤《つぐ》んで隠していると……」

「まあ、強いて妙だと思えばな……」

寅吉は頷いた。

「そうか……」

幸吉は、飲み屋『おたふく』に抱いた拘りが何か気付いた。

女将のおよしは、山口清之助がお縄になった理由を深く問わなかった。そして、主で板前の宗吉は、和馬や幸吉の訪問に余り興味を示さなかった。

幸吉は、己の『おたふく』への拘りが何か分かった。

「じゃあ、およしや宗吉、山口清之助が何をしたのか知っていたって事ですかい」

由松は読んだ。

「ひょっとしたらな……」

幸吉は頷いた。

「よし、幸吉。俺は、父親の宗吉の素性を洗ってみるよ」

寅吉は告げた。

「お願いします。あっしと由松は、暫くおたふくを見張ります」

幸吉は決めた。

「うん……」

思案橋の架かる東堀留川の流れは日本橋川に続き、行き交う船の小さな明かりを揺らしていた。

朝の小石川養生所は、通いの患者で賑わっていた。

久蔵は、養生所を訪れて肝煎《きもいり》の本道医・小川良哲《おがわりようてつ》に面会を求めた。

久蔵は、小さな座敷に通された。

座敷には煎じ薬の匂いが漂っていた。

久蔵は、座敷の障子を開けた。

障子の外には庭が広がり、晒しや寝間着などの洗濯物が干され、足慣らしをしている入室患者たちがいた。

久蔵は、眼を細めて眺めた。

「お待たせ致しました。小川良哲です」

養生所肝煎で本道医の小川良哲が現れた。小川良哲は、目安箱に養生所設立の建白書を入れた小川笙船《しょうせん》の孫だった。

「南町奉行所吟味与力の秋山久蔵です」

「お噂は、北町の白縫半兵衛《しらぬいはんべえ》さんに聞いております」

良哲は悪戯っぽく笑った。

「ろくな噂じゃあるまいが、半兵衛の人を見る眼は確かだ」

久蔵は苦笑した。

「して、御用は……」

「実はな……」

久蔵は、山口清之助が意識を失い、何者かに操られるように暴れた事を告げた。

「意識を失い、何者かに操られているかのようにですか……」

良哲は戸惑った。

「ええ。そして、その間に暴れたりしても何も覚えてはいないってやつだが……」

「何も覚えていない……」

良哲は驚いた。

「うむ。そんな病、この世にあるのかな」

「さあ、聞いた事がありません」

良哲は眉をひそめた。

「ないか……」

久蔵は、小さな吐息を洩らした。

「何者かに操られるのとは違いますが、眠ったまま徘徊したりする病がありましてね」

「眠ったまま徘徊する病……」

久蔵は眉をひそめた。

「そいつは心の病でしてね。眼が醒めたら何も覚えちゃあいないのです」

「そんな病があるのか……」

「ええ。それから年寄りが、何もかも忘れて動き廻る病もありますが。何者かに操られての事だとしたなら、眠ったままの病。つまり、眠らされての事なのかもしれません」

良哲は推し測った。

「眠らされての事……」

「ええ。病ではないのですが、世の中には相手を眠らせる術があるとか……」

「相手を眠らせる術……」

久蔵の眼が鋭く輝いた。

「ええ。本当かどうか分かりませんが、高僧や山伏にそうした催眠の術を使う者がいると聞いた覚えがあります」

「うむ。それなら私も聞いた事がある」

久蔵は頷いた。

「おそらく、意識を失って何者かに操られるってのは、それなのかもしれませんね」

「催眠の術を使う者の仕業か……」

浪人の山口清之助は、何者かに催眠の術を掛けられ、傀儡人形のように操られて日本橋で暴れた。

久蔵は、良哲の睨みに頷いた。

久蔵は、小川良哲に礼を述べて養生所を後にした。

傀儡師は催眠の術を使う者……。

久蔵は、良哲との話からそう睨んだ。

浪人の山口清之助は、傀儡師に催眠の術を掛けられ、暴れるように操られたのだ。

その時、山口清之助の近くに傀儡師はいたのか……。

和馬と幸吉の話では、暴れ廻る山口の周囲にそれらしき者はいなかった。

傀儡師は、山口に何処でどうやって催眠の術を掛けたのだ。

久蔵は、白山《はくさん》権現から本郷通りを湯島に向かった。

飲み屋『おたふく』は、昼が近くなっても店を閉めたままだった。

幸吉は、小網町二丁目の木戸番屋から『おたふく』を見張っていた。

由松は、『おたふく』の裏手を見張っていた。

「おたふくは、旦那の宗吉さんが三年前に居抜きで買った店でしてね。娘のおよしさんと二人で始めたんですよ」

木戸番の富造は、草鞋《わらじ》や炭団《たどん》などの荒物を売る木戸番屋の前で、焼芋の具合を見た。

木戸番屋は、町内の町木戸を管理しており、自身番の向かい側にあった。木戸番は町内に雇われた住み込みであり、町木戸の管理や夜廻りなどを仕事としていた。そして、捕り物の手伝いなどもした。

木戸番の富造は、弥平次の捕り物に何度か加わった事もあり、幸吉たちとも顔見知りの仲だった。

木戸番屋の斜向かいに飲み屋の『おたふく』はあった。幸吉は富造に事情を話し、木戸番屋を見張り場所に使わせて貰っていた。

「評判、どうなんだい」

「宗吉さん、無口で無愛想な親父でね。およしさんで持っている店ですぜ」

富造は、焼芋の釜に新しい芋を並べ、竈《かまど》に薪を焼《く》べた。所帯持ちの木戸番は、木戸番屋で夏は金魚、冬は焼芋を売っていた。

「兄貴……」

しゃぼん玉売りの由松が、『おたふく』の裏手から戻って来た。

「どうした」

「おたふくの宗吉が出掛けますぜ」

「宗吉が……」

「ええ」

「よし。俺が追う。由松はおたふくの見張りを頼むぜ」

飲み屋『おたふく』の裏手から宗吉が現れ、足早に思案橋に向かった。

「合点です」

幸吉は、由松を木戸番屋に残して宗吉を追った。

「じゃあな……」

宗吉は、思案橋を渡って日本橋の通りに進んだ。そして、日本橋の通りを神田八ッ小路に向かった。

どこに行く……。

幸吉は尾行した。

三

神田八ッ小路には様々な人が行き交っていた。

宗吉は、八ッ小路を抜けて神田川に架かる昌平橋《しょうへいばし》を渡り、明神下《みょうじんした》の通りを進んだ。

幸吉は追った。

宗吉は、明神下の通りから神田明神門前町を抜け、神田明神の境内に入った。

神田明神の境内は参拝客で賑わっていた。

宗吉は、拝殿に手を合わせて境内の隅の茶店に寄った。そして、茶店の老婆に茶を頼んで縁台に腰掛けた。

幸吉は物陰から見守った。

何をするつもりだ……。

わざわざ参拝に来た割りには、おざなりに手を合わせただけだ。かといって、神田明神まで茶を飲みに来た訳でもない。

宗吉は、老婆の持って来た茶をすすりながら境内を見廻していた。

誰かを待っている……。

宗吉は、誰かが来るのを待っているのだ。

幸吉は睨んだ。

神田明神の境内の賑わいは続いた。


入谷鬼子母神境内の木々の梢は、吹き抜ける冷たい風に鳴っていた。

修徳寺は、鬼子母神の近くにある名もない小さな池の畔にあった。

寅吉は、宗吉が『おたふく』を居抜きで買った時の請人が誰か、小網町二丁目の自身番で尋ねた。

宗吉の請人は、入谷修徳寺の応海と云う住職だった。

雇われ請人……。

江戸の町に住むには、身元を保証する〝身元引請人〟が必要だ。請人には出身地の村役人や奉公先の主、家主などがなるのが普通だが、そうした伝手《つて》のない者は、寺の住職に金を払って請人になって貰う事があった。

宗吉は、修徳寺の住職・応海に金を払って請人になって貰った。

寅吉は睨んだ。

睨みが正しければ、幾ら住職の応海に尋ねた処で分かる事は少ないはずだ。だが、応海に尋ねないわけにはいかない。

寅吉は、入谷鬼子母神から名もない小さな池の畔を抜け、修徳寺に向かった。

小さな池は鈍色《にびいろ》に輝き、小波《さざなみ》が走っていた。

寅吉は池の畔を抜けた。そこに、古くて小さな修徳寺があった。

囲炉裏の火は、粗朶《そだ》を焼べられて燃え上がった。

住職の応海は、上がり框に腰掛けた寅吉に出涸し茶を差し出した。

「こいつはどうも……」

寅吉は礼を云い、湯気を吹いて茶をすすった。温かさが胃の腑から全身に広がった。

「して御用とは、小網町の宗吉についてでしたな」

応海は、寅吉に話を促した。

「へい……」

寅吉は、湯呑茶碗を置いた。

「宗吉さん、生まれ在所はどちらでしょうか」

寅吉は尋ねた。

「下総《しもうさ》の松戸ですよ」

応海に迷いはなかった。

「松戸……」

「ええ。宗吉は松戸の根本村の生まれでしてな。拙僧とは、弦雁寺《げんがんじ》と申す寺の小坊主仲間ですよ」

「小坊主仲間って、宗吉はお坊さまの修行をしていたんですか」

寅吉は、少なからず驚いた。

「修行と云うより、水呑百姓の口減らし。そして、十歳を過ぎたぐらいの時だったか、寺に泊まった旅の雲水の後を追って行きましてな……」

宗吉は、松戸根本村の弦雁寺の小坊主をしており、十歳を過ぎた頃、旅の雲水を追って出て行ったのだ。

「宗吉、それからどうしたんですかい……」

「さあ、どうしたのか……」

応海は首を捻った。

「その後、拙僧も修行の旅に出ましてな。諸国を巡り、この修徳寺に落ち着いた。それから五年後、三年前だったと思うが、宗吉が不意に訪ねて来ましてな。小網町の飲み屋を居抜きで買う身元引請人になってくれと頼みに来たんです」

「三年前に突然ですか……」

寅吉は戸惑った。

「ええ。四十年振りでしたか。いやはや驚いたと云うか、まさかと思いましたが、面影も残っていましたし、話も合いましてね。宗吉に間違いないと……」

応海は、幼馴染みの宗吉の身元引請人になってやった。

「御住職。宗吉、四十年の間、何処で何をしていたんですかね」

「さあ。越前、越後、奥州などの寺を巡り歩いて修行したそうですが、結局は還俗して江戸に来たと云っていたが。まあ、いろいろあったのでしょうな」

応海は茶を注ぎ足し、哀れむような眼差ですすった。

「そうですか……」

応海は、金で身元引請人になったわけではなかった。

寅吉の睨みは外れた。

だが、宗吉の身元と過去の欠片がおぼろげに分かった。

冷たい隙間風が吹き抜け、囲炉裏の火が揺れた。
神田明神の賑わいは続いていた。
幸吉は、茶店で茶をする宗吉を見守り続けた。
僅かな時が過ぎた。
でっぷりと肥った大店の旦那が、用心棒らしき二人の浪人を従えて山門を潜って来た。
宗吉は、大店の旦那たちを一瞥し、茶店の老婆に茶代を払って境内に出た。
どうした……。
幸吉は緊張した。
宗吉は、拝殿に手を合わせて境内に戻る若い浪人に向かって進んだ。
若い浪人は、近づいて来る宗吉に向かって微かな笑みを浮べた。
宗吉は擦れ違った。
次の瞬間、若い浪人の眼が虚ろなものに変り、大店の旦那たちに向けられた。
日本橋で暴れた山口清之助と同じ眼……。
幸吉は、若い浪人の虚ろな眼をそう見た。

刹那、若い浪人は刀を抜き払った。

周囲にいた参拝客たちが驚き、悲鳴をあげて散った。若い浪人は、大店の旦那たちに虚ろな眼差しを向けて走った。

用心棒の二人の浪人は、肥った大店の旦那を庇って刀を抜いた。

若い浪人は、迷いも躊躇いも見せず鋭く斬り込んだ。

血煙りが噴きあがり、用心棒の浪人の一人が仰け反り倒れた。若い浪人は血に濡れた刀を振り廻し、大店の旦那に迫った。残った用心棒の浪人が刀を構え、若い浪人に横手から突っ込んだ。若い浪人は、残った用心棒の浪人の刀を躱《かわ》し、大店の旦那に斬り付けた。逃げようとしていた大店の旦那は、背中を袈裟懸けに斬られ、背後に引きずられるように倒れた。若い浪人は、倒れた大店の旦那に止めを刺そうとした。その時、残った用心棒の浪人が、若い浪人の後頭部に刀を叩き付けた。

若い浪人は頭から血を噴き上げ、我に返ったように叫び、残った用心棒の浪人の腹に血塗れの刀を突き刺した。用心棒の浪人は、腹から血を流しながら若い浪人にしがみついた。

若い浪人と用心棒の浪人は、血塗れになって組み合い、殺し合った。

何の前触れもない不意の出来事だった。

幸吉に止める間もなかった。だが、たとえ止める間があったとしても、刀を振り廻して殺し合う者たちを止めるのは至難の業だ。

幸吉は焦った。

今は参拝客たちに被害が及ばないようにするだけだ……。

幸吉は、己にそう言い聞かせるしかなかった。

若い浪人と用心棒の浪人は、血と涙と泥に塗れて力尽きた。

幸吉は、若い浪人と用心棒の浪人たちの刀を奪い、駆け付けた神田明神の小者たちと大店の旦那たちの様子をみた。

肥った大店の旦那と襲い掛かった若い浪人は、息絶えていた。そして、二人の用心棒は微かな息を洩らしていた。

幸吉は、医者を呼びに人を走らせ、大店の旦那や若い浪人たちを納屋に運ばせた。そして、恐ろしげに見守る参拝客の中に宗吉を探した。だが、宗吉は何処にもいなかった。

神田明神は寺社奉行の支配下にあり、町奉行所の手の及ぶ処ではなく、幸吉に詳しい探索は許されない。

「幸吉さん……」

神田明神の禰宜《ねぎ》が、青ざめた顔で駆け寄って来た。

神田明神は寺社奉行の支配下にあるが、禰宜は境内での揉め事などを普段から柳橋の弥平次に相談をしていた。

「禰宜さま……」

「何がどうなったんです」

禰宜は、玉砂利に飛び散った血を恐ろしそうに一瞥し、声を震わせた。

「はい。若い浪人がいきなり……」

幸吉は、禰宜に事情を説明した。

「幸吉さん、お寺社が出張って来ても埒は中々明きません。万一、参拝客が怪我でもしたら神田明神の御利益も疑われ、悪い噂が広まります。一刻も早く、事の次第をはっきりさせて下され」

禰宜は、神田明神の評判が悪くなるのを恐れていた。

「承知しました。すぐに親分に来て貰います」

幸吉は、柳橋の船宿『笹舟』に人を走らせ、境内と裏手に宗吉を探した。

神田明神の境内は、次第に落ち着きを取り戻していった。

冷たい風が吹き抜ける大川に船は少なかった。

柳橋の船宿『笹舟』の船着場では、親方の伝八と勇次たち船頭が船の手入れをしていた。

「催眠の術ですか……」

弥平次は戸惑った。

「ああ。養生所の小川良哲先生の見立てでは、人を眠らせて意のままに操る催眠の術があるそうだ。山口清之助の件は、おそらくその催眠の術を使う者の仕業だとの睨みだ」

久蔵は、手酌で猪口に満たした酒を飲んだ。

「良哲先生の見立てじゃあ、きっと間違いありませんよ」

弥平次は、養生所本道医の小川良哲を良く知っており、その言葉を信じた。

「うむ。つまり、傀儡師は催眠の術を使う奴となる」

「はい。ですが、他人を傀儡人形のように操る催眠の術を使うとなると、相当な修行をした者でしょうね」

弥平次は猪口の酒をすすった。

「ああ……」

久蔵は頷いた。

廊下に足音が響いた。

「親分……」

托鉢坊主の雲海坊《うんかいぼう》が、襖の向こうから弥平次を呼んだ。

「なんだい」

「神田明神で浪人が人を殺したと、幸吉から報せが……」

雲海坊の声は緊張していた。

「幸吉から……」

「はい……」

小網町の飲み屋『おたふく』を見張っているはずの幸吉が、神田明神の人殺しの一件を報せて来た。

宗吉かおよしのどちらかが動き、幸吉は追って神田明神に行った。

弥平次は読んだ。

「秋山さま……」

「ああ。おそらく、おたふくの宗吉かおよしが動いたのだろう」

久蔵は、弥平次同様に睨んでいた。

「はい」

「行こう」

久蔵と弥平次は、雲海坊と船頭の勇次を従えて神田明神に急いだ。

飲み屋『おたふく』の表は、女将のおよしによって綺麗に掃除された。

由松は、木戸番屋の奥の暗がりから見張り続けた。

「どうだ……」

木戸番屋の裏手から和馬が現れた。

「今、およしが店の掃除をしています」

「父親の宗吉はどうしている」

「さっき出掛けまして、幸吉の兄貴が追いました」

「そうか……」

和馬は頷いた。

「どうぞ……」

木戸番の富造の女房が、湯気のあがる茶を和馬に差し出した。

「造作を掛けるな」

「いいえ」

木戸番の富造が入って来た。

「こりゃあ神崎の旦那……」

「富造、邪魔をしているぜ」

「いいえ。それより、宗吉の父っつあんが帰って来ましたぜ」

「幸吉の兄貴は……」

「そいつが追って来ちゃあいねえ……」

富造は眉をひそめた。

宗吉が、魚や野菜を入れた竹籠を提げて帰って来た。

背後に幸吉の姿は見えなかった。

「何かあったのかもしれないな」

和馬は眉をひそめた。

「ええ……」

由松は困惑した。

肥った大店の旦那と用心棒の浪人の一人。そして、襲った若い浪人は死んだ。

残る用心棒の浪人は、辛うじて命を取り留めた。

久蔵と弥平次たちは、神田明神の禰宜から座敷を借り、幸吉に事件の経緯を尋ねた。

幸吉は、『おたふく』の宗吉の動きと殺し合いの顚末を告げた。

「止められなくて申し訳ありません」

幸吉は、口惜しさを露わにした。

「下手に止めに入れば、幸吉も無事には済まなかったはずだ。仕方があるまい」

久蔵は幸吉を慰めた。

「秋山さまの仰る通りだ。幸吉、無駄に命を賭けちゃあならねえぞ」

弥平次は、下っ引や手先が命を落したり怪我をするのを嫌った。

「はい……」

「それで幸吉、殺された大店の旦那、何処の誰か分かったのか」

「はい。殺された大店の旦那は、日本橋平松町に住む金貸し五郎兵衛……」

幸吉は、辛うじて助かった用心棒から聞き出していた。

「金貸し五郎兵衛か……」

弥平次は眉をひそめた。

「はい……」

「で、襲った若い浪人は誰なんだい」

雲海坊は訊ねた。

「そいつが分からねえ」

幸吉は、苛立ちを滲ませた。

「それで幸吉。若い浪人は宗吉を見て笑みを浮べ、顔つきを変えたのだな」

久蔵は念を押した。

「はい。まるで死んだような眼になって……」

幸吉は頷いた。

「その眼、日本橋で暴れた山口清之助と同じではなかったか……」

「そう云えば……」

幸吉は、若い浪人の虚ろな眼が山口清之助と同じだったのを思い出した。

「同じだったか……」

「はい」

「じゃあ、咳払いは聞こえなかったか」

「咳払いですか……」

幸吉は、微かな戸惑いを見せた。

「ああ。どうだ」

「さあ……」

幸吉は、眉をひそめて首を捻った。参拝客の行き交う中での咳払いは、幸吉の耳には届かなかったのかもしれない。

「そうか……」

久蔵は、山口清之助の云った咳払いが気になっていた。

「秋山さま……」

「うむ。親分、先ずは殺された金貸し五郎兵衛の人柄と殺された理由だ。そして、その身辺に襲った若い浪人がいるかどうかだな」

「はい。幸吉、聞いての通りだ。雲海坊や勇次と一緒に五郎兵衛から探ってくれ」

「承知しました。雲海坊、勇次……」

「うん。じゃあ御免なすって……」

幸吉、雲海坊、勇次は、久蔵と弥平次に挨拶をして出て行った。

「親分。どうやら、傀儡師の仕事のようだな」

久蔵の眼が鋭く輝いた。

「ええ。やはり宗吉ですか……」

弥平次は睨んだ。

「肝心なのは、襲った若い浪人と宗吉の関わりだな……」

久蔵は小さく笑った。


日本橋通りは行き交う人で賑わっていた。

金貸し五郎兵衛の家は、平松町の裏通りにあった。

黒塀に囲まれた仕舞屋《しもたや》は、若い妾と飯炊き婆さんがいるだけで静けさに包まれていた。

幸吉、雲海坊、勇次は、妾のおつやと飯炊き婆さんのおさだを訪れた。

おつやは、五郎兵衛が殺されたと知り、哀しまずに笑った。面白そうに腹を抱え、声をあげて笑い転げた。

幸吉、雲海坊、勇次は戸惑った。

たとえどんな理由があっても、知り合いが殺されて大笑いをする者は滅多にいない。

「おっ母さん、殺されたんだって、五郎兵衛の奴、殺されちまったんだよ」

おつやは、涙を滲ませて笑い、飯炊き婆さんのおさだに告げた。

「ああ……」

飯炊き婆さんのおさだは、前掛けで顔を覆って肩を小刻みに震わした。

「おっ母さん……」

幸吉は眉をひそめた。

「ええ。五郎兵衛の外道は、死んだお父っつあんの借金の形におっ母さんを妾にして、娘の私まで妾にしたんですよ」

おつやは、怒りを露わにした。

妾のおつやと飯炊き婆さんのおさだは、実の母娘だった。

五郎兵衛は、おさだが年老いたのを見て、妾を娘のおつやに代えたのだ。そして、おさだを飯炊き婆さんにした。

幸吉、雲海坊、勇次は、笑うおつやとおさだを見守るしかなかった。

おつやとおさだは、乾いた声で嬉しげに笑い続けた。

笑いの分だけ憎悪があった……。

四

おつやとおさだは、五郎兵衛を斬った若い浪人を知らなかった。

幸吉と雲海坊は、おつやたちの見張りに勇次を残し、聞き込みを開始した。

半時が過ぎた。

おつやとおさだに動きはなく、仕舞屋に訪れる者もいなかった。

勇次は見張りを続けた。

幸吉と雲海坊が戻って来た。

「五郎兵衛の評判、どうでした……」

「酷いもんだぜ」

幸吉は眉をひそめた。

「借金の形に病人の蒲団を剝ぎ、それでも返せなかったら女房子供を叩き売れだ。絵に描いたような血も涙もねえ金貸しだぜ」

雲海坊は吐き棄てた。

「恨み、買ってんでしょうね」

「そうでもなきゃあ、用心棒を二人も雇っちゃあいねえさ」

幸吉は苦笑した。

金貸し五郎兵衛の評判は悪かった。

「じゃあ、五郎兵衛を襲った若い浪人も、金を借り、厳しい取り立てを恨んでの所業なんですかね」

勇次は睨んだ。

「いや。若い浪人が、傀儡師に操られた傀儡なら恨みも何もないはずだ」

幸吉は眉をひそめた。

「じゃあ……」

「ああ。五郎兵衛を恨んでいるのは傀儡師って事になる」

幸吉は睨んだ。

「或いは恨んでいる奴が、傀儡師に頼んでの殺しかもしれねえ」

雲海坊は、厳しい面持ちで告げた。

「そうだとすると、五郎兵衛の身辺を調べても、若い浪人は浮かばないかもしれませんね」

勇次は眉をひそめた。

「ああ……」

雲海坊は頷いた。

「雲海坊の睨み通りだとしたら、妾のおつやとおさだにも傀儡師に頼んだ疑いはあるな」

幸吉は思いを巡らせた。

今の処、金貸し五郎兵衛を殺したいほど恨んでいると分かっているのは、妾のおつやとおさだ母娘だけだった。

「ああ。おたふくの宗吉と、おつやおさだ母娘に関わりがあるかないかだ」

「よし、俺はおたふくに行く。此処は頼むぜ」

「合点だ」

雲海坊は頷いた。

幸吉は、雲海坊と勇次を残して小網町の飲み屋『おたふく』に急いだ。

雲海坊と勇次は、物陰に潜んで仕舞屋を見張った。

「借金の形に母娘で妾にされたなんて、殺したくもなりますよね」

勇次は、おつやとおさだ母娘に同情した。

「ああ。金貸し五郎兵衛は、殺されても仕方のねえ野郎だ」

雲海坊は、腹立たしさを滲ませた。

仕舞屋は黒塀に囲まれ、静けさに沈んでいた。


寺社奉行の寺社役付同心が、神田明神にやって来た。

寺社奉行は、勘定奉行や町奉行と違って大名が勤め、全国の寺社及び寺社領の人民・神官・僧尼・楽人・盲人・連歌師・陰陽師などを支配し、その訴訟を取り扱った。そして、寺社役付同心は、町奉行所の廻方同心と同じ役目であり、寺社領の犯罪の捜査逮捕を行った。

久蔵と弥平次は、神田明神の禰宜と共に寺社役付同心と逢い、事件の仔細を説明して一切を任せるように頼んだ。寺社役付同心は、秋山久蔵の名を知っており、快く応諾した。

久蔵と弥平次は、金貸し五郎兵衛たちと若い浪人の死体の始末をした。そして、若い浪人を知っている者を探した。しかし、境内の茶店や露店に若い浪人を知っている者はいなかった。


飲み屋『おたふく』は、開店の仕度を続けていた。

宗吉は、板前として忙しく仕込みをし、およしは酒や味噌・醬油を届けに来た酒屋や味噌屋の小僧の相手をしていた。

和馬と由松は、木戸番屋から見張っていた。

幸吉が裏手からやって来た。

「兄貴……」

「由松、宗吉は……」

幸吉は、開店前の『おたふく』を見つめた。

「大分前に戻って来て仕込みをしていますぜ」

「そうか……」

「何かあったのか、幸吉……」

和馬は眉をひそめた。

「はい。和馬の旦那……」

幸吉は、神田明神での金貸し五郎兵衛殺しを詳しく説明し始めた。

陽は沈み始め、飲み屋『おたふく』の開店の時が近づいた。

大川は夕暮れに包まれた。

柳橋の船宿『笹舟』は、冷たい川風に暖簾を揺らしていた。

弥平次は、船宿『笹舟』に戻った。

手先の鋳掛屋の寅吉が、店土間の大囲炉裏の傍で待っていた。

「おう。待たせたようだな」

「いえ……」

寅吉は湯呑茶碗を置いた。

「ま、部屋に来てくれ」

弥平次は、寅吉を居間に招いた。


縁起棚の灯明は微かに瞬いた。

寅吉は、猪口に両手を添えて弥平次の酌を受けた。

「畏れ入ります」

寅吉は礼を云って徳利を取り、弥平次の猪口に酒を満たした。

「二人で飲むのは久し振りだな。ま、やってくれ」

「へい。戴きます」

弥平次と寅吉は、猪口の酒をすすった。

寅吉は、夜鳴蕎麦屋の長八《ちょうはち》と共に弥平次の古い手先だった。五十歳を過ぎた寅吉の顔には、白髪や皺が増えた。

夜鳴蕎麦屋の長八に蕎麦屋の店を持たせたように、寅吉にも落ち着いた暮らしをさせなければならない。

弥平次は、様々な想いに駆られた。

「親分、おたふくの宗吉ですがね」

寅吉は猪口を置いた。

「素性、分かったのかい……」

「へい。宗吉、下総は松戸根本村の生まれでしてね。餓鬼の頃、口減らしで寺の小坊主になっていました……」

「寺の小坊主……」

弥平次は、宗吉の意外な過去に戸惑った。

「へい。そして、十歳の時、旅の雲水について寺から出て行ったそうです……」

寅吉は、宗吉の幼馴染みで請人の入谷修徳寺の住職・応海に聞いた話を語った。

話を聞く弥平次は、その顔に厳しさを滲ませていった。

夜の大川に櫓の軋みが甲高く響いた。

日本橋平松町の裏通りから人気が消えた。

雲海坊と勇次は、黒塀に囲まれた仕舞屋を見張った。

五郎兵衛の亡骸は、神田明神の小者たちによって仕舞屋に運ばれて来た。

妾のおつやとおさだは、形ばかりの弔いを始めた。しかし、訪れる弔問客は少なく、すぐに途絶えた。

「淋しい弔いですね」

勇次は眉をひそめた。

「自業自得。身から出た錆。弔いは生きていた時の心掛け一つ。勇次も気を付けるんだな」

雲海坊は笑った。

「へい……」

雲海坊と勇次は、おさだとおつや母娘の動きを見張った。

飲み屋『おたふく』は賑わっていた。

和馬、幸吉、由松は、宗吉とおよしを見張り続けた。しかし、宗吉とおよしは、忙しく客の相手をして『おたふく』から出掛ける気配を見せなかった。

「兄貴、ちょいと店を覗いて来ましょうか」

由松は身を乗り出した。

「どうします、旦那……」

幸吉は、和馬にお伺いを立てた。

「うん。俺と幸吉は素性が割れている。由松しかいないか……」

「はい」

幸吉は頷いた。

「よし。由松、馴染客に五郎兵衛を殺した若い浪人を知っている奴がいるかもしれぬ。その辺も見定めて来るんだぜ」

和馬は指示した。

「承知しました。じゃあ……」

由松は、飲み屋『おたふく』に向かった。

木戸番の富造の夜廻りの声が、打ち鳴らされる拍子木の音と共に小網町二丁目の夜空に響き渡った。

飲み屋『おたふく』の店内は、酒の匂いと楽しげな笑い声に溢れていた。

「いらっしゃいませ……」

由松は、女将のおよしに迎えられ、片隅に座って酒を頼んだ。

由松は、酒を飲んでいる客を見渡した。客は常連が多く、互いに酒を酌み交わしていた。そして、宗吉は板場で料理を作っていた。

「お待ちどおさま」

およしが酒を持って来た。

「おう……」

「さあ、どうぞ」

およしは、徳利を手にして由松に酒を勧めた。

「おう、そうか。こいつは嬉しいねえ」

由松は猪口を取り、およしの酌を受けて酒を飲み干した。

「ああ、美味い……」

由松は嬉しげに笑った。

「お兄さん、仕事は何ですか……」

「仕事か……」

「ええ。何をしているんですか」

「一日中、江戸の町を歩き廻っているしがねえ行商人だぜ」

「それは大変ねえ」

「ああ……」

由松は、猪口の酒を飲み干した。

「女将さん、酒をくれ」

「はい。只今。じゃあ、ごゆっくり……」

おはしは板場に入って行った。

「おい。ま、一杯どうだ」

隣にいた髭面の浪人が、由松に徳利を差し出した。

「こいつはどうも……」

由松は、戸惑いながら猪口を差し出した。

「江戸の町を歩き廻っているなら、今日の昼間、神田明神で人殺しがあったのを知っているか」

髭面の浪人は、由松の猪口に酒を注ぎながら話し掛けてきた。

「へ、へい……」

由松は思わず頷いた。

「若い浪人が、金貸しと用心棒の浪人を斬り棄て、自分も死んだそうだな」

「ええ、そうらしいですね……」

由松は、幸吉に聞いた一件の顚末を思い出そうとした。

「金貸しを殺した若い浪人だがな、どんな風の奴だった」

無精髭の浪人は声を潜めた。

「どんな風と云っても。旦那、あの若い浪人と何か関わりが……」

由松は戸惑った。

「うむ。ひょっとしたら知り合いかもしれないのだ。どんな浪人だった」

髭面の浪人は眉をひそめた。

「旦那、実はあっしが駆け付けた時には、騒ぎは終っていましてね」

「そうか……」

髭面の浪人は肩を落した。

「ですが、あっしの仲間が最初から最後まで見ていましてね。宜しかったらお引き合わせしましょうか」

「頼めるか……」

「そりゃあもう。お安い御用で……」

「私は森川重四郎だ」

「森川の旦那ですか、あっしは由松と申します。お一つどうぞ」

由松は徳利を差し出した。

「おお、すまんな」

由松は、髭面の浪人・森川重四郎の猪口に酒を満たした。


秋山屋敷の門前は掃き清められていた。

和馬と弥平次は、座敷で久蔵の来るのを待った。

「お早うございます」

お糸が茶を持って来た。

弥平次は、眩しげに眼を細めた。

「やあ、お糸ちゃん……」

和馬は、親しげに笑い掛けた。

お糸は微笑み、和馬と弥平次に茶を差し出した。

「あるじは間もなく参ります」

お糸は、秋山家の者らしく告げた。

「うん。親分、お糸ちゃんに逢うのは久し振りだろう」

和馬は茶をすすった。

「はい……」

弥平次は、和馬の下手な気遣いに苦笑した。

「おっ母さん、変りはありませんか」

「うん。達者だよ」

「良かった」

お糸は微笑んだ。

「お糸……」

弥平次は、茶を出したら早く引き取れと促した。

「はい。では……」

お糸は、和馬と弥平次に挨拶をして下がった。久蔵は、入れ替わるように入って来た。

「待たせたな」

「お早うございます」

和馬と弥平次は頭を下げた。

「うむ。で、どうした」

和馬と弥平次が、朝早く揃って来たのは事態が動いているからだ。

久蔵は話を促した。

和馬は、殺された金貸し五郎兵衛がおさだとおつや母娘を妾にしていた事実と、無精髭の浪人森川重四郎の事を報せた。

弥平次は、寅吉が摑んできた宗吉の過去を話した。

久蔵は、厳しい面持ちになった。


神田明神は朝から参拝客で賑わっていた。

由松は、無精髭の浪人森川重四郎と神田明神門前で落ち合い、裏手にある良雲寺に急いだ。

良雲寺には湯灌場《ゆかんば》があった。

湯灌場とは納棺する前の死体を沐浴させる処だ。五郎兵衛たちを斬った若い浪人の死体は、湯灌場で湯灌されて引き取り手の来るのを待っていた。引き取り手のない時、死体は無縁仏として淋しく葬られる。

昨夜、由松は和馬と幸吉に森川重四郎の事を報せた。そして、森川重四郎に若い浪人の死体を見せる事にした。

「何処に行くのだ……」

森川は戸惑った。

「へい。此処ですぜ」

由松は、良雲寺の山門を潜り、裏手の湯灌場に向かった。

湯灌場では湯灌場者が待っていた。

「やあ、待たせたね……」

由松は、湯灌場者に声を掛けた。

「いえ……」

湯灌場者は、棺桶を置いてある処に行った。

「森川の旦那。昨日、神田明神で暴れた若い浪人の仏、しっかり見てやって下さい」

「おぬし、一体……」

森川は眉をひそめた。

「森川の旦那、とにかく仏さんに手を合わせてやって下さい」

由松は、湯灌場者と一緒に棺桶の蓋を開け、若い浪人の死体を見せた。

森川は、眼を見開いて若い浪人の死に顔を見た。

「竜之進……」

森川は、若い浪人の死に顔を呆然と見つめて呟いた。

「やはり、お知り合いですか……」

由松は眉をひそめた。

「うん。岡田竜之進だ」

森川は声を沈ませた。

五郎兵衛を斬った若い浪人は、岡田竜之進と云う名前だった。

ようやく、傀儡人形にされた若い浪人の正体に辿り着いた。

「森川の旦那、岡田竜之進の事、詳しく教えちゃあくれませんかね」

由松は厳しく尋ねた。

「おぬし……」

森川は戸惑った。

「森川の旦那、あっしは岡っ引の柳橋の弥平次の身内でしてね」

由松は、小さな笑みを浮べた。

森川重四郎は吐息を洩らした。

日本橋平松町の仕舞屋に動きはなかった。

雲海坊と勇次は、斜向かいの蕎麦屋の二階の座敷から仕舞屋を見張った。

昼が近づいた頃、二階の座敷に久蔵と弥平次がやって来た。

「こりゃあ秋山さま、親分……」

雲海坊と勇次は、慌てて居住まいを正した。

「畏まる事はねえ。楽にしてくれ」

久蔵は苦笑した。

「折角のお言葉だ。いつもの通りにな……」

弥平次は笑った。

勇次は窓から仕舞屋を見張り、雲海坊が茶を淹れ始めた。

「おつやとおさだ、変りはないようだな」

弥平次は、窓から仕舞屋を窺った。

「はい。弔いも終わり、静かなものです」

勇次は、緊張に微かに声を嗄らした。

「飯炊き婆さんのおさだと妾のおつや、実の母娘だったとはな……」

久蔵は、呆れたように眉をひそめた。

「ええ。それも母親と娘を妾にしていたなんて、五郎兵衛は外道ですよ」

雲海坊は吐き棄てた。

「ああ……」

久蔵は頷いた。

「親分……」

勇次が呼んだ。

久蔵、弥平次、雲海坊が窓辺に寄った。

おさだが、仕舞屋から出掛ける処だった。

「よし。親分、久し振りに俺が尾行《つけ》るぜ」

久蔵は立ち上がった。

「あっしがお供します」

久蔵と雲海坊は、蕎麦屋の二階の座敷から降りて行った。

おさだは小さな風呂敷包みを抱え、日本橋通りの人混みを日本橋に向かった。

久蔵と雲海坊は尾行した。

五

飲み屋『おたふく』の裏手から宗吉が出て来た。
宗吉は、仕入れに行くのか竹籠を提げて東堀留川に向かった。
「和馬の旦那、追ってみます」
「うん……」
幸吉は、和馬を残して木戸番屋を出た。
宗吉は、東堀留川沿いの道を進んだ。
幸吉は尾行した。
宗吉は、東堀留川沿いの道を尚も進んだ。
このまま行けば伝馬町の牢屋敷だ……。
幸吉は宗吉を追った。
宗吉は、牢屋敷の前を通り過ぎた。
何処に行く……。
幸吉は慎重に尾行した。

宗吉の行く手に稲荷社の赤い幟がはためいていた。

玉池稲荷……。

宗吉は、玉池稲荷の前に佇んで辺りを見廻した。

幸吉は、咄嗟に物陰に隠れた。

次の瞬間、宗吉は玉池稲荷の境内に入った。

玉池稲荷だ……。

幸吉は玉池稲荷に走り、宗吉を追って境内に入った。

境内は狭く、お玉ヶ池があった。

玉池稲荷は、お玉ヶ池が〝桜ヶ池〟と云った頃、おたまと云う茶店女が二人の男に想いを寄せられて苦しみ、身投げをした。以来、桜ヶ池は〝お玉ヶ池〟と呼ばれ、その霊を慰める稲荷が建てられた。

宗吉は狭い境内を抜け、お玉ヶ池の畔にある茶店に入った。

幸吉は見届け、茶店に近寄ろうとした。

「南無大師遍照金剛……」

背後から下手な経が聞こえた。

幸吉は振り返った。

饅頭笠を被った雲海坊がいた。

「どうした……」

幸吉は眉をひそめた。

「おさだが来ている」

雲海坊は茶店を示した。

「おさだが……」

幸吉は驚いた。

「ああ……」

おさだは、平松町の仕舞屋を出て玉池稲荷の茶店に来ていた。

「じゃあ、宗吉はおさだと……」

「知り合いってわけだ」

雲海坊は頷いた。

「よし、宗吉とおさだ、何をしているのか様子を窺ってくる」

「幸吉、茶店には秋山さまがいるぜ……」

「秋山さま……」

幸吉は戸惑った。

「ああ。どうやら秋山さま、母娘で妾にされたおさだとおつやが気になるようだ」

雲海坊は小さな笑みを浮べた。

「おさだとおつや母娘か……」

幸吉は、お玉ヶ池の畔の茶店を見つめた。


茶店は客も少なく、静けさに包まれていた。

おさだは、小座敷の衝立の陰にひっそりと座っていた。

久蔵は、茶店の奥の縁台に腰掛け、茶をすすりながらおさだを窺っていた。

おさだが茶店に来て四半時が過ぎた頃、初老の男がやって来た。

初老の男は、茶店娘に何事か尋ねた。茶店娘は、おさだのいる小座敷を示した。

初老の男は礼を云い、おさだのいる部屋に入った。

初老の男は、『おたふく』の宗吉……。

久蔵の直感が囁いた。

おさだと宗吉は、奥の部屋の衝立の陰で何事かを話し込んでいた。二人の表情は、衝立の陰で良く分からない。しかし、二人の様子には緩みも緊迫したものも窺えず、淡々としていた。

久蔵は窺った。

やがて、おさだは宗吉に小さな風呂敷包みを差し出した。宗吉は、小さな風呂敷包みを受け取った。

金だ……。

久蔵は睨んだ。

宗吉は、小さな風呂敷包みを懐に入れ、腰を上げた。

おさだは、帰る宗吉を見送りもせずに冷たくなった茶をすすった。

久蔵はおさだを見守った。

お玉ヶ池の畔の茶店から宗吉が出て来た。

雲海坊と幸吉は、木立の陰に潜んだ。

宗吉は辺りを窺い、足早に玉池稲荷の境内から出て行った。

「幸吉……」

「ああ。俺が追う」

幸吉は、宗吉を追って玉池稲荷の境内を後にした。

雲海坊は見送った。


久蔵は、おさだが茶店を出るのを待った。

僅かな時が過ぎ、おさだは茶店娘に茶代を払って外に出た。

雲海坊は木陰から見守った。

おさだは畔に佇んだ。

鈍色に輝くお玉ヶ池に枯葉が舞い落ち、波紋が静かに広がった。

おさだは、微笑みを浮べて水面を眺めた。その眼差しは、安堵の込められた和やかなものだった。

「良い事があったようだな……」

おさだは驚いた。

塗笠を被った着流しの侍が、いつの間にか隣に佇んでいた。

おさだの和やかな眼差しに緊張が覆った。

「誰にでも良い事はある。来るのが早いか遅いかの違いはあるがな」

久蔵は、塗笠の下で笑った。

「お侍さま……」

おさだは困惑した。

「辛かった分だけ、良い事は大きいものだ。違うかな」

久蔵は、おさだに親しげに笑い掛けた。

おさだは、釣られたように小さく笑った。

「酔ってどぶに落ちて溺れ死んだ亭主。その馬鹿な亭主の残した借金の形に妾にされて……。辛くて哀しくて口惜しい事ばかりがありましてねえ」

おさだは、お玉ヶ池を眩しげに眺めながら昔を思い出した。

久蔵は、おさだの過去の欠片を知った。

「そいつは気の毒に……」

「でもお侍さま、それもようやく終ったんです。辛くて哀しくて口惜しい事は、もう終ったんです」

おさだは、久蔵に告げるかの如く自分に言い聞かせた。

「そいつが良い事か……」

「はい……」

おさだは、お玉ヶ池を見つめて頷いた。その横顔には凄絶さが過ぎり、解《ほつ》れ髪が揺れた。

おさだとおつや母娘は、金貸し五郎兵衛からようやく逃れた。

宗吉に大金を払い、五郎兵衛を殺して貰って……。

おさだにとり、それは娘のおつやの為でもあるのだ。

久蔵は、おさだを哀れんだ。

冷たい風が吹き抜け、お玉ヶ池に小波が走った。

「お侍さま、私はこれで……」

おさだは、我に返ったように久蔵に告げて足早にお玉ヶ池の畔を離れた。

久蔵は見送った。

「秋山さま……」

雲海坊が近寄った。

「宗吉は……」

「幸吉が追いました」

「そうか。雲海坊、おさだは宗吉に金を渡した。五郎兵衛殺しを頼んだのに間違いないだろう」

「やっぱり。じゃあ、あっしはおさだを……」

「ああ……」

久蔵は頷いた。

雲海坊はおさだを追った。

傀儡師は『おたふく』の宗吉であり、浪人たちに催眠の術を掛け、傀儡人形に仕立てて操った。

そいつをどう解き明かすかだ……。

久蔵はお玉ヶ池を見つめた。

お玉ヶ池は静寂に沈んでいた。


岡田竜之進……。

金貸し五郎兵衛を斬った若い浪人の名は、森川重四郎によってようやく知れた。

由松は、小網町の和馬の許に人を走らせ、森川重四郎を茅場町の大番屋に伴った。

「森川さま。申し訳ありませんが、同心の旦那が来るまで、ちょいとお待ち下さい」

由松は、森川に小部屋に案内し、溜まりで茶の仕度を始めた。

「おう。由松じゃあねえか……」

久蔵が入って来た。

「こりゃあ秋山さま……」

「小網町に行こうと思ってな。何をしているんだい」

「はい。五郎兵衛を殺した若い浪人、何処の誰かようやく分かりました」

由松は、意気込んで告げた。

「なに……」

久蔵は眉をひそめた。


由松は、森川に茶を差し出し、久蔵と引き合わせた。

「私は南町奉行所与力秋山久蔵です。森川さんですか」

「左様。おぬしが噂の秋山どのか……」

森川は、久蔵の噂を知っていた。

「どうせ、ろくな噂じゃあないでしょうな」

久蔵は苦笑した。

森川は、久蔵に親しみを覚えた。

「秋山どの。岡田竜之進は親の代からの浪人でしてな。日雇い仕事をしながら真面目に暮らしていた若者です。それが、血迷ったように人に襲い掛かって殺した。まるで、魔物にでも取り憑かれたような所業。私はどうにも腑に落ちぬ」

「森川さん、岡田は傀儡人形にされたんです」

「傀儡……」

森川は眉をひそめた。

「ええ。何者かに催眠の術を掛けられ、人形のように操られたのです」

「そんな……」

森川は啞然とした。

「森川さん、岡田竜之進は、小網町のおたふくに良く行っていたのかな」

「いえ、時々です」

「時々……」

「ええ。私や竜之進に毎晩飲み屋に行く金はありませんでしてね。竜之進は女将のおよしの顔を見に時々……」

「岡田、女将のおよしに惚れていたのですか」

「ええ。四、五日前ですか、おたふくが休みの日、およしから晩飯に招かれたと喜んでいたのに……」

「晩飯に招かれた……」

「左様。その時の嬉しげな顔を見たのが、竜之進と逢った最後でした」

岡田竜之進は、飲み屋『おたふく』に招かれて傀儡人形にされた。

久蔵は睨んだ。

「秋山どの、何者が竜之進を傀儡に……」

森川は怒りを過ぎらせた。

「森川さん、傀儡師の化けの皮、間もなく剝ぎ取ってやりますよ」

久蔵は嘲笑を浮べた。

格子窓から差し込む西日は、いつの間にか小部屋に広がっていた。


木戸番の富造の夜廻りの声と拍子木の音が、小網町二丁目の夜空に響いた。

町木戸の閉まる亥の刻四つ（午後十時）が近づいた。

飲み屋『おたふく』から客が帰り始めた。

木戸番屋に富造が戻って来た。

「御苦労だな」

久蔵は富造を労《ねぎら》った。

「畏れ入ります」

富造は恐縮した。

「さあて、そろそろ行くぜ」

久蔵は、刀を手にして框から立ち上がった。

和馬、幸吉、由松が緊張した面持ちで頷いた。

「それでは秋山さま……」

和馬は、緊張に声を掠れさせた。

「催眠の術を掛けられるかどうか。ま、楽しみにしているんだな」

久蔵は不敵に笑い、刀を腰にさして木戸番屋を出た。


「邪魔するぜ」

久蔵は、『おたふく』の暖簾を潜った。

「いらっしゃいませ……」

およしは、微かに眉をひそめた。

「おう。一杯飲ませて貰おうか」

久蔵は笑い掛けた。

「あの、お待さま。折角おいで下さいましたが、間もなく看板でございまして……」

およしは、帰り仕度をしている僅かな客を示した。

「なあに一杯だけだ。頼む」

久蔵は、片手拝みで頼んだ。

「はあ。じゃあ一杯だけ……」

およしは板場に入った。

「じゃあ女将さん、帰るぜ」

僅かな客が連れ立って帰った。

「ありがとうございました」

およしは、帰る客を見送りに出て行った。

「お待たせ致しました」

宗吉が、徳利と猪口を持って来た。

「おう。待ちかねたぜ。宗吉……」

久蔵は、宗吉の名を呼んだ。

宗吉は、初めての客である久蔵に名を呼ばれて緊張を浮べた。

およしが暖簾を下げ、腰高障子を後ろ手に閉めた。

久蔵は薄笑いを浮べ、手酌で酒を飲んだ。

「お侍さま……」

宗吉は、久蔵に探る眼差しを向けた。

「宗吉、岡田竜之進、見事に傀儡にしたな」

久蔵は切り込んだ。

およしは顔色を変えた。

「お侍さま、何の事でしょうか……」

宗吉は、眉をひそめて久蔵を見つめた。

「お前が、金貸し五郎兵衛殺しを金で請負い、岡田竜之進にやらせたのは分かっているぜ」

久蔵は嘲りを浮べた。

「お侍さま、何を仰られているのか、手前には良く分かりませんが……」

宗吉は、久蔵の眼を覗き込んだ。

瞬間、宗吉の眼が不気味な輝きを放った。

久蔵は、眼の前が真っ白になるのを感じた。

「お侍さま……」

宗吉は静かに呼び掛け、不気味な輝きを放つ眼で久蔵を見つめた。

目の前が白くなり、気が遠くなる……。

久蔵は、宗吉の不気味に輝く眼に吸い込まれる思いに駆られ、懸命に眼を瞑った。

「お侍さま、何者だい……」

宗吉は静かに尋ねた。

久蔵の脳裏に宗吉の声が木霊した。

「南町奉行所与力の秋山久蔵……」

久蔵は己の名を告げた。

宗吉に狼狽が過ぎり、その眼の不気味な輝きが消えた。

「お前さん、南の剃刀久蔵だよ……」

およしは、恐怖に突き上げられた。

「煩せえ……」

「でも、お前さん……」

「およし、とんでもねえ傀儡が手に入ったぜ」

宗吉は、嘲りを滲ませた。

「秋山さま、世の中には許せねえ悪党がいる。そんな奴は、何がなんでも始末しなきゃあならねえ」

宗吉は、再び眼を不気味に輝かせて久蔵に言い聞かせた。

久蔵は頷いた。

「だから俺が咳払いを二度したら、お前さんは……」

「傀儡となって人を襲うか……」

久蔵は、厳しい眼を見開いた。

宗吉は、催眠の術を掛けた者に殺す相手を認識させて覚醒させ、二度の咳払いで再び催眠状態にして暗示通りの行動を取らせた。つまり、宗吉は後催眠暗示を悪用した傀儡師なのだ。そして、日本橋で暴れた山口清之助で効き目を試し、岡田竜之進を傀儡に仕立てた。

久蔵は、宗吉を冷徹に見据えた。

宗吉は凍てついた。

「お前さん……」

およしは、悲鳴のように叫んで宗吉の背後に隠れた。

「ふん。娘が聞いて呆れるぜ。宗吉、随分と若い女房を貰ったものだな」

久蔵は苦笑した。

およしは、宗吉の娘ではなく女房なのだ。

「宗吉、人を殺す傀儡を操る傀儡師。最早これまでだ」

「秋山さま。私は宗吉に騙されて使われていただけだよ。悪いのは宗吉だよ」

およしは、醜く叫んで宗吉を久蔵に突き飛ばし、裏口に身を翻した。

突き飛ばされた宗吉は、辛うじて踏み止まって匕首を抜き払った。

「秋山久蔵……」

宗吉は、憎悪の溢れる眼で久蔵を睨み付け、飛び掛かる隙を窺った。

「宗吉、無駄な真似だ」

久蔵は嘲笑し、宗吉を見据えて刀を抜いた。

同時に、宗吉は匕首を構えて突っ込んだ。

刹那、久蔵の刀が瞬いた。心形刀流の横薙ぎの一閃だった。

宗吉は、両手で顔を覆って蹲《うずくま》り、苦しく呻いてのたうち廻った。

「眼が、眼が……」

血が、宗吉の顔を覆った両手の指の間から溢れて滴り落ちた。

久蔵は、宗吉が二度と催眠の術が使えないように両眼を斬り裂いた。

「宗吉、催眠の術はこれまでだ」

久蔵は、刀に懐紙で拭いを掛けた。

宗吉は泣き叫んだ。

「秋山さま……」

和馬と幸吉が入って来た。

「傀儡師に縄を打ちな」

和馬と幸吉は、泣き叫んでいる宗吉に縄を打った。

「およしはどうした」

「由松が押さえています」

「そうか。よし、大番屋に引き立てるんだ」

久蔵は、宗吉を冷たく見据え、和馬と幸吉に命じた。

冷たい風が腰高障子を鳴らした。

雲は重く垂れ込め、陽差しを遮っていた。

久蔵は、平松町の仕舞屋の前に佇んだ。

「秋山さま……」

張り込んでいた和馬と雲海坊が、久蔵の背後に駆け寄った。

「和馬、おさだとおつやはどうしている」

「家に籠もったままですが……」

和馬は眉をひそめた。

「和馬。何故、おさだをお縄にしねえ」

久蔵は、和馬を厳しく見据えた。

「えっ。それは……」

和馬は戸惑った。

「おさだが、五郎兵衛殺しを宗吉に頼んだのが露見すると知ったらどうする」

「逃げるか、自訴するか……」

和馬は、雲海坊と顔を見合わせた。

「だったら、とっくにしているはずだぜ」

「じゃあ、まさか自害を……」

雲海坊は血相を変えた。

「ああ。死なせねえ為にも、さっさとお縄にするんだぜ」

「雲海坊……」

「はい」

和馬は、雲海坊と仕舞屋に駆け込んだ。

生半可な哀れみは、人を惑わせ苦しめる。

主殺しは、二日晒一日引廻しの上鋸引きの死罪だ。だが、おさだは死んだ亭主の借金の形に無理矢理に妾にされた挙げ句、飯炊き婆さんにされたのだ。

金貸し五郎兵衛は、おさだの夫でもなければ主でもない。

おさだに罪を償わせ、いつの日か娘のおつやと暮らせるようにしてやるしかないのだ。

久蔵は、己に言い聞かせた。

おつやの悲鳴が仕舞屋からあがり、雲海坊が飛び出して来た。

「どうした」

「おさだが首を括《くく》っていました。医者を呼んで来ます」

雲海坊は駆け去った。

久蔵は、お玉ヶ池の畔に佇むおさだの姿を思い出した。
おさだの解れ髪を揺らした横顔が哀しかった……。
久蔵は踵を返した。
一月の風は冷たく吹き抜けた。

第二話

闇討ち

一

如月《きさらぎ》――二月。

梅の花が散っても冷たい風は吹き続け、桜の季節はまだ遠かった。

戌《いぬ》の刻五つ（午後八時）。

月は冴え渡っていた。

秋山久蔵は、南町奉行所での仕事を終えて組屋敷のある八丁堀岡崎町に向かった。

外濠に架かる数寄屋橋を渡った久蔵は、日本橋の通りに出て京橋に進んだ。そして、京橋を渡り、京橋川沿いの竹河岸に曲がった。そのまま進むと楓川となり、京橋川を開鑿した八丁堀になる。

久蔵は竹河岸を進んだ。

行く手の闇に人影が過ぎった。

久蔵は立ち止まり、行く手の闇を透かし見た。

闇に人影は見えず、人の気配だけが微かに漂っていた。

何者かが身を潜めている……。

久蔵は振り返った。

背後の闇に人影が佇んでいた。

刺客……。

久蔵はそう確信し、五感を研ぎ澄まして歩き出した。

前に一人、後ろに二人……。

久蔵は、刺客の人数を数えた。

都合三人……。

久蔵は見定めた。

何者だ……。

恨んでいる悪党は、数え切れないほどに多い。しかし、今は相手の素性より、如何に斬り抜けるかだ。

久蔵は、周囲を窺いながら進んだ。

行く手の闇が激しく揺れた。

久蔵は、歩調を変えずに刀の鯉口を切った。

闇を揺らして現れた人影が、土埃を蹴立てて音もなく突進して来た。

久蔵は立ち止まった。

人影は刀を煌めかせ、久蔵に鋭く斬り掛かった。久蔵は、人影の斬り込みを見切り、心形刀流の抜き打ちを一閃した。

骨の断たれる音が短く鳴り、刀を握る腕が夜空に飛んだ。

人影は、斬り飛ばされた腕から血を振り撒き、身体の均衡を崩して廻り、昏倒した。

昏倒した人影は、髭面の浪人だった。

二人の浪人が、背後から久蔵に迫った。

久蔵は、素早く竹河岸を背にした。

「何者だ……」

久蔵は、斬り付けるかのように鋭く誰何《すいか》した。二人の浪人は立ち止まり、久蔵に慌てて刀を向けた。

「見覚えのねえ面だな。誰に頼まれた」

久蔵は厳しく見据えた。

二人の浪人は怯え、刀の切っ先を小刻みに震わせ、斬り込むのを躊躇った。

剣の腕の違いは明らかなのだ。

久蔵は嘲笑した。

次の瞬間、二人の浪人は身を翻して闇に逃走した。

「待て」

久蔵は追おうとした。だが、昏倒した髭面の浪人が苦しげに呻いた。

久蔵は立ち止まり、髭面の浪人の様子を見た。髭面の浪人は、意識を失ったまま苦しげに呻いていた。

「何をしている」

暗がりから木戸番が現れ、明かりを灯した提灯を突き出した。

「南町奉行所の秋山久蔵だ」

久蔵は告げた。

「南町の秋山さま……」

木戸番が、提灯を翳《かざ》して駆け寄って来た。

「怪我人がいる。急ぎ人と医者を呼んでくれ」

久蔵は命じた。

「承知しました。御免なすって……」

木戸番は走り去った。

久蔵は、髭面の浪人から闇討ちを頼んだ者を突き止めるつもりだ。

冷たい風が吹き抜け、京橋川に走る小波が月明かりに煌めいた。


亥《い》の刻四つ（午後十時）が過ぎた。

久蔵は、身重の香織の介添えで着替え、座った。

「お帰りなさいませ」

お糸が茶を差し出した。

「うん……」

久蔵は茶をすすった。

「お糸ちゃん……」

次の間で、久蔵の羽織を畳んでいた香織がお糸を呼んだ。

「はい」

お糸は、香織の許に行った。

香織は、お糸に何事かを告げ、久蔵の羽織の袖を見せた。お糸は、久蔵の羽織の袖の匂いを嗅いで眉をひそめた。

香織は頷き、久蔵の許に進んだ。

「貴方、羽織の袖に血が……」

「ああ。奉行所の帰りに得体の知れぬ浪人どもに襲われてな」

久蔵は、手にしていた茶碗を置いた。

「お怪我は……」

香織は眉をひそめた。

「心配はいらねえよ」

久蔵は笑った。

「あの、旦那さま。今夜の事、父の弥平次には……」

お糸は尋ねた。

「明日の朝、留守番の若い者を一人寄越してくれと使いを走らせたぜ」

久蔵は、自分が出仕した後の秋山家を心配していた。久蔵の出仕後、秋山家には身重の香織と年老いた与平とお福夫婦、そしてお糸の四人だけになる。

万一の時、当てに出来るのはお糸だけだ。

久蔵は、己が留守の間の男手を寄越すよう柳橋の弥平次に依頼した。

「そうですか……」

お糸は頷いた。

「うん。お糸、すまねえが、酒を一杯持って来てくれ」

「畏《かしこ》まりました」

お糸は台所に廻った。


台所には、与平とお福夫婦の笑い声が溢れていた。

お糸は戸惑った。

与平お福夫婦と弥平次が、囲炉裏端で茶をすすっていた。

「お父っつあん……」

お糸は驚いた。

「おう。お糸、秋山さまの使いが見えてな」

弥平次は笑った。

「来るのは明日の朝じゃあなかったの」

「秋山さまはそう仰っているが、善は急げだ。早い方が良いだろうと思ってな。

幸吉と雲海坊、それに由松と勇次も来ている。何でも言い付けてくれ」

弥平次は、久蔵が闇討ちに遭ったのを重く見て、幸吉たちを従えて駆け付けて来た。そこには、一人娘のお糸への心配もあった。

「幸吉っつあんたちには、表と裏の門番小屋に入って貰ったよ」

与平がお糸に告げた。

「そうですか……」

お糸は呆れた。

「それで、秋山さまはどうされている」

弥平次は、心配げに眉をひそめた。

「いつも通りですよ」

お糸は、そう云いながら酒の仕度を始めた。

「うちの旦那さまを闇討ちしようなんて、何処の世間知らずですかねえ」

お福は、肥った身体を揺らして茶をすすった。

「お糸、俺たちがもう来ているのは、秋山さまには内緒だぜ」

弥平次はお糸に口止めした。

お糸は苦笑した。

弥平次は、幸吉、雲海坊、由松を残し、勇次を従えて船宿『笹舟』に帰って行った。

幸吉、雲海坊、由松は、交代で秋山屋敷の表と裏を警戒した。

お糸とお福は、握り飯と熱い味噌汁を夜食に用意した。

「こいつは温まるぜ。お糸坊」

雲海坊は、熱い味噌汁に息を吹き掛けてすすった。

お糸が実父と暮らしていた裏長屋の隣人が、雲海坊だった。雲海坊は、浪人だった実父を殺され天涯孤独の身になったお糸に『笹舟』を紹介した。そして、お糸は『笹舟』に奉公し、やがて養女になった。

お糸は、久し振りに幸吉たちの夜食を作った。

夜は何事もなく過ぎ、朝を迎えた。

幸吉、雲海坊、由松は、弥平次が来るまでひと寝入りする事にした。

与平が表門を開けて掃除をし、香織はお糸やお福と朝食を作り始めた。

辰の刻五つ（午前八時）、弥平次がやって来た。

幸吉、雲海坊、由松が出迎えた。

与平は、久蔵に取り次いだ。

「来たかい」

「はい」

「よし。弥平次たちを座敷に通してくれ」

久蔵は命じた。

「あの、親分の他の者たちもですか」

「ああ。夜通し見廻りをしてくれていたのは、幸吉たちだろう」

久蔵は、幸吉たちの見廻りに気付いていた。

「はい。幸吉に雲海坊、由松の三人です」

「よし。みんなを座敷に通してくれ」

「畏まりました」

久蔵は着替えた。


弥平次、幸吉、雲海坊、由松は、香織とお糸の出した茶を飲んだ。

「やあ、待たせたな」

久蔵が入って来た。

「おはようございます」

弥平次たちは挨拶をした。

「幸吉、雲海坊、由松、昨夜は御苦労だったな。礼を云うぜ」

久蔵は頭を下げた。

「お、畏れ入ります」

幸吉、雲海坊、由松は慌てた。

「それで、朝早く来て貰ったのは、すでに知っているだろうが、昨夜、南町の帰り……」

久蔵は、竹河岸で三人の浪人に襲われた顚末を話した。

「で、腕を斬られた浪人、どうなりました」

弥平次は身を乗り出した。

「医者に担ぎ込んだのだが、手遅れだった」

久蔵は眉をひそめた。

「何処の誰かは……」

「身許が分かるような物は、何一つ持っちゃあいなくてな。それで、絵師の菱川《ひしかわ》京仙《きようせん》に来て貰い、人相書を描いて貰った」

久蔵は、折りたたんだ人相書を開いて差し出した。

人相書には、髭面の浪人の顔が描かれていた。

弥平次、幸吉、雲海坊、由松は、人相書を覗き込んだ。

「見覚えないかい……」

久蔵は、弥平次たちを見廻した。

弥平次たちは、眉をひそめて首を横に振った。

「そうか……」

「秋山さま、こいつを知り合いの地本《じほん》問屋に持ち込んで刷って貰い、岡っ引仲間に撒きたいのですが、宜しいでしょうか……」

弥平次は、人相書の刷り増しを提案した。

「ああ、そうしてくれ」

久蔵は頷いた。

「承知しました。幸吉、鶴亀屋さんにな……」

地本問屋『鶴亀屋』は日本橋通油町《とおりあぶらちょう》に店を構えている版元であり、錦絵や絵草紙を出版している老舗だ。

「はい。じゃあすぐに。御免なすって……」

幸吉は、人相書を懐に入れ、久蔵に頭を下げて座敷を出て行った。

「それから弥平次。知っての通り、俺が出仕すると屋敷にいる男は与平だけだ。誰か寄越して貰えねえかな」

「はい。雲海坊と由松を残します。何なりと言い付けて下さい」

雲海坊と由松が頷いた。

「探索の方は大丈夫か……」

久蔵は心配した。

「はい。いざとなれば、神明《しんめい》の平七《へいしち》や本湊《ほんみなと》の半次《はんじ》たちに手伝って貰います」

弥平次は小さく笑った。

「そうか。いろいろ面倒を掛けてすまねえな」

久蔵は礼を云った。


非番の南町奉行所は表門を閉め、与力や同心たちは潜り戸から出入りしていた。

久蔵は、屋敷を雲海坊と由松に頼み、弥平次を伴って南町奉行所に来た。

南北町奉行所は、ひと月ごとに月番と非番になる。非番となった町奉行所は、表門を閉じて新たな訴訟を受け付けず、月番時の訴訟の始末や探索を継続していた。

昼が過ぎた頃、幸吉が刷った人相書を抱えて南町奉行所にやって来た。

久蔵は、居合わせた同心たちに人相書を配った。しかし、同心たちに髭面の浪人を知る者はいなかった。

弥平次と幸吉は、人相書を持って岡っ引や木戸番屋に急いだ。


秋山屋敷は静けさに包まれていた。

由松は表門脇に陣取り、屋敷の表を行き交う者を見張った。雲海坊は、墨染めの衣を脱ぎ、屋敷の裏手と庭に忍び込む者を警戒した。

香織は、怯えを見せず、落ち着いた様子で暮らしていた。与平お福夫婦は、久蔵と香織を信頼しており、いつもと変わらぬ長閑《のどか》さだった。そして、お糸は屋敷内を警戒した。

秋山屋敷に異常はなかった。


芝飯倉神明門前の茶店の主の平七は、南町奉行所の定町廻り同心から手札を貰っている岡っ引だ。

「こいつです」

幸吉は、平七に髭面の浪人の人相書を見せた。

「こいつが、秋山さまを闇討ちしようとして返り討ちになった野郎か……」

平七は、眉をひそめて人相書を見た。

「如何ですか、平七親分。見覚えありませんかね」

「ああ。俺は見覚えねえが、庄太、お前はどうだ」

平七は、下っ引の庄太に人相書を渡した。

「へい……」

庄太は、人相書を手に取った。

「親分、この浪人、金杉橋の袂にある剣術道場に出入りしている野郎じゃありませんかね」

庄太は首を捻った。

「金杉橋の袂の剣術道場って、元は酒問屋の蔵だった道場か」

「へい。あそこには食詰めた浪人どもが出入りしているんですが、こんな面の浪人もいたような気がします」

庄太は、眉をひそめて告げた。

「よし。行ってみるか……」

平七は決めた。

「はい」

幸吉と庄太は頷いた。


芝増上寺の南側に古川が流れている。

金杉橋はその古川に架かっており、剣術道場は南詰の岸辺にあった。

元酒問屋の蔵だった剣術道場は、浪人や町人たち雑多な者が出入りしていた。

幸吉は、平七や庄太と剣術道場の周囲にある一膳飯屋や居酒屋に髭面の浪人の人相書を見せ、聞き込みを掛けた。

「ああ。こいつは倉木小十郎《くらきこじゅうろう》だ。へえ、上手く描けているな……」

古川の堀端にある居酒屋の老亭主は、人相書の絵の上手さに感心した。

「倉木小十郎……」

幸吉は身を乗り出した。

「ああ。そっくりだ」

老亭主は頷いた。

「そこの剣術道場に出入りしているのに間違いないんだね」

平七は念を押した。

「ああ。間違いねえぜ」

「今日、見掛けたかな」

幸吉は尋ねた。

「いいや。そろそろ現れても良い頃だが、今日はまだ見掛けちゃあいねえな」

久蔵に斬られた髭面の浪人は、倉木小十郎に違いないのかもしれない。

「父っつぁん、もう一つ尋ねるが、倉木と親しくしている浪人が、二人いるはずなんだが、分かるかな」

幸吉は、倉木と共に久蔵を襲って逃げた二人の浪人を親しい仲だと睨んだ。

「ああ。きっと加藤と田中の事だろうな」

老亭主に迷いや躊躇いはなかった。

「その加藤と田中も、此処に出入りをしているんだな」

平七は尋ねた。

「ああ。昨日も夕方、三人で来て一杯引っ掛けて出て行ったぜ」

「昨日の夕方……」

幸吉は眉をひそめた。

「ああ。酒を引っ掛け、勢いをつけて行ったんだぜ」

平七は睨んだ。

「はい」

幸吉は頷いた。

「で、どうする」

「親分、あっしは加藤と田中って浪人が来るのを待ってみます」

「よし。来たら探りを入れ、秋山さまに闇討ちを仕掛けた倉木の仲間だったら、庄太を俺の処に走らせろ。俺は秋山さまと弥平次親分に倉木の事を報せるぜ」

「はい。お願いします」

平七は、庄太を残して夕暮れの町を南町奉行所に急いだ。

幸吉は、居酒屋の老亭主に一朱金を握らせた。

「兄い。こいつは多すぎる」

老亭主は驚き、受け取るのを躊躇った。

「父っつあん。これからその分、飲み食いさせて貰うよ」

幸吉と庄太は、狭い店の戸口に近い処に座った。

「そうかい。だったら出来るだけの事はするぜ」

老亭主は、皺だらけの顔で笑い、風雨に晒された古い暖簾を出した。

仕事を終えた職人や人足、お店者たち馴染客が訪れ始めた。

幸吉と庄太は、出入りする客に眼を光らせながら酒を飲んだ。

古い暖簾は、冷たい夜風に揺れた。

二

夜の南町奉行所は底冷えしていた。

久蔵は、かつて扱った事件に関わりがあり、自分を恨んでいる者の割り出しを急いでいた。しかし、役目柄恨みを買う事が多いのは当然であり、逆恨みや知らぬ処で恨まれている事もある。

恨んでいる者の割り出しは、遅々として進まなかった。

小者が、神明の平七が来たのを報せた。

久蔵は、駆け付けて来た神明の平七を用部屋に招いた。

「すまねえな、平七にまで面倒を掛けて……」

久蔵は苦笑した。

「いいえ。とんでもありません」

「ま、温まってくれ」

久蔵は、平七を手焙りの傍に招いた。

「畏れ入ります」

平七は、膝を形ばかり進めた。

「で、分かったのかい」

「はい。金杉橋の袂に剣術の町道場がありまして、そこに出入りしていた倉木小十郎と云う浪人が人相書にそっくりだと……」

「そうか……」

「それで、連《つる》んでいる浪人が二人いると聞き、幸吉が庄太と張り込みました」

「どうやら間違いねえようだな……」

「だといいのですが……」

平七は慎重だった。

「よし。昨夜の浪人どもかどうか、見定めてやるぜ」

久蔵は、刀を手にして立ち上がった。

燭台の明かりが揺れた。

秋山屋敷は表門を閉じ、静寂に包まれていた。

夜の組屋敷街に人通りは少なかった。

八丁堀の方から、二人の浪人がやって来た。二人の浪人は、秋山屋敷の周囲を見廻して屋敷内の様子を窺った。

秋山屋敷の静けさは、刀を握る腕を両断した久蔵の凄まじい手練を思い出させた。

二人の浪人は、秋山屋敷の静けさに不気味さを感じた。

斬り込むなど出来るはずはない。

二人の浪人は、身を縮めて門前を離れ、来た道を足早に戻り始めた。

秋山屋敷の斜向かいの闇を揺らして由松が現れた。

やっぱり来やがった……。

由松は、秋山屋敷に駆け寄って潜り戸を小さく叩いた。

雲海坊が、潜り戸を開けて顔を見せた。

「来たようだな」

「ええ。追います」

「無理するんじゃあねえぞ」

「合点だ」

由松は、二人の浪人を追った。

雲海坊は、辺りに異常がないのを見定めて潜り戸を閉めた。

雲海坊と由松は、秋山屋敷を護る一番の良策は攻めにあると考え、不審な者が現れたら逆に追う事にしていた。そして、由松は秋山屋敷を出て外から見張っていた。

夜風が冷たく吹き抜けた。


居酒屋は客で賑わっていた。

幸吉と庄太は、倉木小十郎と連んでいる浪人たちが来るのを待った。

「邪魔するぞ」

大柄な浪人が入って来た。

幸吉と庄太は老亭主を見た。

「おう。いらっしゃい」

老亭主は、大柄な浪人を迎え、幸吉と庄太に首を小さく横に振って見せた。

倉木と連んでいる浪人じゃあない……。

幸吉と庄太は、徳利に入れた水を手酌で飲みながら浪人が来るのを待った。

半時が過ぎた頃、二人の浪人が入って来た。

「おう。いらっしゃい」

老亭主は二人の浪人を迎えた。

「父っつあん、酒を頼む」

二人の浪人は、店の奥に座って酒を頼んだ。

「ああ……」

老亭主は、幸吉と庄太の処に徳利を持って来た。

「背の低いのが加藤で小太りなのが田中だ」

老亭主は、幸吉と庄太にそう囁き、加藤と田中に酒を運んでいった。

倉木と連んでいる浪人……。

加藤と田中が、倉木小十郎と連んで久蔵に襲い掛かった刺客なのか。

「幸吉の兄貴……」

由松が現れ、庄太の隣に座った。

「こいつは由松さん……」

「しばらくだな、庄太さん」

「追って来たのか……」

幸吉は、加藤と田中を一瞥した。

「ええ。野郎ども、秋山さまのお屋敷を探りに来ましてね……」

由松は、加藤と田中を窺った。

「倉木と三人で、秋山さまを襲ったのに間違いありませんね」

庄太は、加藤と田中を睨み付けた。

「ああ。奴らが何故、秋山さまを襲ったかだ」

加藤と田中は、悄然とした様子で黙々と酒を飲んでいた。

幸吉は、老亭主の持って来た徳利の酒を手酌で飲んだ。徳利の中身は、水ではなく本物の酒だった。幸吉は思わず喉を鳴らした。そして、庄太の猪口に酒を満たしてやった。

庄太は、畏まって酒を受けた。

「奴らが秋山さまに恨みを持っているのか、誰かに金で雇われているのか……」

庄太は、猪口に満たされた酒を飲んだ。そして、本物の酒に戸惑いながらも嬉しげな笑みを浮べた。

由松は、二人の様子に眉をひそめながら酒をすすった。

「先ずはその辺からだな」

幸吉は、手酌で酒を飲んだ。

老亭主が、煮物を持って来た。

「平七親分が戻って来たぜ」

戻って来た平七が、勝手口から板場に顔を出したのだ。

「分かった……」

幸吉は頷き、由松と庄太に目配せをして居酒屋を出た。

「幸吉……」

平七の顔が、斜向かいの蕎麦屋の僅かに開いた窓の奥に見えた。

幸吉は、斜向かいの蕎麦屋に入った。

神明の平七は、秋山久蔵と蕎麦屋の小座敷にあがっていた。

「こりゃあ秋山さま……」

「幸吉、昨夜の浪人どもが現れたようだな」

久蔵は笑った。

「はい。おそらく昨夜、逃げた二人の浪人。加藤と田中と云いまして、今、庄太と由松が見張っています」

「由松が……」

久蔵は眉をひそめた。

「はい。加藤と田中が秋山さまのお屋敷を窺っていまして、そいつを逆に追って来たそうです」

「そいつはいい……」

久蔵は苦笑した。

「どうします」

平七は、久蔵に出方を尋ねた。

「狙いは、浪人どもの背後にいる奴だ。浪人どもを捕らえて締め上げるか、泳がして見定めるか、それとも……」

久蔵は、不敵な笑みを洩らした。

増上寺の鐘が亥の刻四つ（午後十時）を告げた。

木戸番が町木戸を閉める刻限だ。

居酒屋の客たちは帰り始め、加藤と田中もようやく腰を上げた。

由松が先に居酒屋を出た。

加藤と田中は、酒代を払って居酒屋を出た。

幸吉と庄太は、ようやく見張りから解放された。


加藤と田中は、居酒屋を出て金杉裏町の通りに向かった。

蕎麦屋から久蔵と由松が現れ、加藤と田中を追った。そして、平七が幸吉と庄太と合流して続いた。

加藤と田中は、酔った足取りで人気のない金杉裏町の通りを進んだ。

潮の香りが微かに漂い、潮騒が遠くに響いた。

「由松……」

久蔵は由松に目配せした。

「はい。じゃあ……」

由松は路地に駆け込んだ。

久蔵は見送り、背後を振り返った。平七が幸吉や庄太と駆け寄って来た。

「幸吉、庄太。由松が先廻りをした」

「はい」

幸吉と庄太は暗がりに入った。

久蔵は、地を蹴って先を行く加藤と田中を追った。平七が続いた。

加藤と田中は、背後から駆け寄る久蔵と平七に気付き、振り返った。

次の瞬間、久蔵は加藤に襲い掛かった。

加藤は驚き、仰け反り倒れた。

「あ、秋山……」

田中は、激しく混乱して逃げた。

久蔵は逃げる田中に構わず、平七と倒れた加藤を押さえ付けた。

幸吉と庄太は、暗がりに身を隠しながら田中を追った。先廻りしていた由松が、
田中に並ぶようにして尾行していた。
混乱状態に陥った田中は、金杉裏町の通りから金杉町の通りに走った。
幸吉、庄太、由松は、田中の行き先を見届けようと暗がり伝いに追った。
平七は、加藤を縛り上げた。

「昨夜は世話になったな……」

久蔵は、加藤に嘲笑を浴びせた。

加藤は恐怖に震えた。

「さあて、誰に頼まれての闇討ちか教えて貰おうか」

「知らん。俺は何も知らん……」

加藤は、震えながらも必死に抗った。

「加藤、だったらせいぜい意地を見せてみるんだな」

「秋山さま……」

平七は笑みを浮かべた。

「ああ。大番屋で楽しませて貰うぜ」

「そいつは見ものだ。さあ、立て」

平七は、加藤を乱暴に引き立てた。

引きずられた加藤は、激痛に顔を歪めて苦しく呻いた。

「加藤、泣きを入れるのは、まだ早い」

久蔵は冷たく笑った。

金杉通りに人気はなかった。

田中は、金杉通りを横切って西応寺町《さいおうじまち》の家並みに駆け込んだ。

幸吉と庄太、由松は追った。

西応寺町の夜空には、薩摩藩江戸上屋敷の大屋根が浮かんでいた。

田中は、尾行する者に注意を払う余裕もなく、薩摩藩江戸上屋敷の塀沿いの道から三田の町に抜けた。そして、田中は三田三丁目にある寺の山門を潜った。

幸吉と庄太、由松は一斉に暗がりを出て寺に走った。

田中は境内を進み、庫裏《くり》に入って行った。

幸吉、庄太、由松は、山門の陰から辛うじて見届けた。

笙仙寺《しょうせんじ》……。

それが、田中の入った寺の名だった。

「寺に来るとはな……」

幸吉は、微かな戸惑いを見せた。

「よし。此処は俺が見張る。庄太は、大番屋においでになる秋山さまと平七親分に報せてくれ」

「合点です。御免なすって……」

庄太は、威勢良く大番屋に走った。

「由松、木戸番屋で笙仙寺がどう云う寺で、住職がどんな坊主か聞いて来い」

幸吉は、手早く指示を出した。

「承知……」

由松は木戸番屋に向かった。

幸吉は笙仙寺を窺った。

笙仙寺の本堂は黒い影となり、庫裏の明かりが仄《ほの》かに浮かんでいた。


茅場町の大番屋は、夜風の冷たさの中に沈んでいた。

詮議場は冷え切っており、燭台の明かりは小刻みに震えていた。

久蔵は、加藤を土間に引き据えた。筵一枚を敷いただけの土間は、凍てつくような底冷えに覆われていた。

「加藤浩一郎、相州浪人か……」

久蔵は、框に腰掛けて加藤に冷たく笑い掛けた。

加藤は、怯えを滲ませた顔を久蔵から逸らした。

「聞かれた事に返事しろ」

平七は、加藤に厳しく告げた。

「まあ、いいさ」

久蔵は、平七を押し止めた。

「はい……」

平七は頷き、引き下がった。

詮議場に穏やかさが微かに漂った。

加藤は、その穏やかさを不気味に感じ、思わず身を縮めた。

「加藤、ま、そんなに固くなるな。倉木小十郎を死なせた今、続いてお前まで死なせるわけにはいかねえ……」

久蔵は苦笑した。

加藤は、倉木の腕を斬り飛ばした久蔵の刀捌《かたなさば》きの凄まじさを思い出し、密かに身震いした。

「だから、じっくり手間暇掛けて聞かせて貰うぜ」

戦慄が加藤を貫いた。

一寸刻みに責め殺される……。

加藤は、久蔵の穏やかさに秘められた不気味さの正体に気付いた。

加藤は、突き上がる恐怖に激しく震えた。

「何故、俺に闇討ちを仕掛けた」

久蔵は、不意に斬り込んだ。

「頼まれた。十両で頼まれたんだ」

加藤は縋《すが》るように答えた。

「頼んだのは誰だ」

「そ、それは……」

加藤は迷い躊躇った。

「加藤、今更頼んだ奴に義理立てしても仕方がねえぜ」

久蔵は苦笑した。

加藤は項垂《うなだ》れた。

「親分……」

戸口に庄太が現れた。

「おう……」

庄太は久蔵に会釈をし、平七に近づいて何事かを報せた。平七は頷き、框に腰掛けている久蔵に囁いた。

「そうか。御苦労だったな」

久蔵は、庄太を労って加藤に笑顔を向けた。

「加藤、お前は義理立てしても、田中はそうもいかないようだ」

「田中が……」

加藤は戸惑った。

「ああ、三田の笙仙寺だとか、自分からいろいろ話してくれるそうだぜ」

加藤は、三田の笙仙寺と聞いて深々と溜息を洩らした。

「加藤、もうお前に用はねえ。後は田中に教えて貰う。短い付き合いだったが、大島や八丈島に行っても達者で暮らすんだな」

久蔵は、仕置が島流しだと窺わせて冷たく突き放した。

加藤は血相を変えた。

〝島流し〟は、人殺しの手引、指図、手伝いなどをした者に適用される仕置だ。加藤たちの久蔵闇討ちは見事に失敗しており、適用は厳し過ぎる仕置とも云えた。

「待ってくれ。何でも話す。話すから島流しは勘弁してくれ」

加藤は哀願した。

〝島流し〟に期限はなく、帰って来れる当てはない。滅多にない赦免を待ち続け、虚しく死んでいく者が殆どなのだ。

助かる為には何でもする……。

加藤は、田中に先を越されるのを恐れた。

「闇討ちを頼んだのは、笙仙寺の住職の口利きで逢った年増だ」

加藤は、思わぬ事を言い出した。

「年増だと……」

久蔵は眉をひそめた。

平七と庄太は、思わず顔を見合わせた。

「ああ。女だ。年増にお前さんを殺してくれと、一人十両で頼まれたんだ」

「年増女、何処の誰なのだ」

「分からない。だけど武家の妻女だと思う」

「本当に知らないのか……」

久蔵は厳しく見据えた。

「本当だ。信用してくれ。この通りだ」

加藤は、凍てついた土間に額を擦り付けて必死さを露わにした。

嘘はない……。

久蔵は睨んだ。

「武家の妻女……」

武家の妻女が、己の命を狙っている……。

久蔵は、意外な依頼人に戸惑いを覚えずにはいられなかった。

詮議場の冷え込みは一段と厳しくなり、燭台の炎も凍てついたように揺れなかった。


三田・笙仙寺の庫裏の明かりは灯されたままだった。

田中が笙仙寺から出て来る気配はない。

幸吉は、凍てつく寒さに震えながら見張り続けた。

「幸吉の兄貴……」

由松が、白い息を吐いて駆け寄って来た。

「分かったか……」

「はい。それより先ずはこいつを……」

由松は、幸吉に竹筒を差し出した。幸吉は竹筒を受け取り、その温かさを喜んだ。

「ありがてえ……」

　幸吉は、竹筒の小さな栓を抜いた。酒の香りが漂った。幸吉は、竹筒に入れられた酒を飲んだ。温かい酒は、冷え切った幸吉の五体に染み渡った。

「で、笙仙寺の何が分かった」

「住職は了庵《りようあん》。元は侍だそうですぜ」

「侍……」

　幸吉は眉をひそめた。

「ええ。まだ詳しい素性までは分かりませんがね」

「元は侍か……」

「兄貴、三丁目の木戸番が番屋を暖めていてくれます。代わりますから先に休んで下さい」

「今、何時だ」

「もうじき、丑の刻（午前二時）です」

「よし。じゃあ、寅の刻（午前四時）に交代しよう」

「承知……」

　幸吉は、返事をした由松に酒の入った竹筒を渡し、三田三丁目の木戸番屋に向かった。

由松は、寒さに身震いして竹筒の酒を飲んだ。そして、笙仙寺の納屋に忍び込み、積まれた藁束《わらたば》に潜り込んで庫裏を見張った。

寒さは静けさまでも凍てつかせていた。

三

武家の妻女だと思われる女は、笙仙寺の住職・了庵の仲介で加藤、田中、倉木たち食詰め浪人を雇い、久蔵を闇討ちさせた。

依頼人である武家の妻女とは、何処の誰なのか……。

何故、武家の妻女は、久蔵の命を狙っているのか……。

「遺恨か……」

久蔵は思わず呟いた。

「あの、何か……」

久蔵の着替えを用意していた香織が、次の間から怪訝な眼を向けた。

「いや。着替える……」

久蔵は、誤魔化すように次の間に立ち、着替え始めた。香織は、久蔵の着替えを手伝った。

香織にしても、妻として夫の久蔵が闇討ちを仕掛けられた理由を知りたいはずだ。だが、香織は闇討ちを仕掛けられた理由や探索の経緯を訊く事はなかった。

そこには、夫を深く信じている身重の妻がいるだけだった。

「旦那さま……」

お糸が廊下にやって来た。

「おう。なんだい」

「柳橋の弥平次が来ております」

お糸は、養父の来訪を取り次いだ。

「そうか。通って貰ってくれ」

「はい……」

「それに雲海坊にも来るように伝えてくれ」

「畏まりました」

「香織、温かい茶を頼むぜ」

「はい……」

お糸は、秋山家に行儀見習いを兼ねて手伝いに入り、久蔵と養父・弥平次の絆の強さを以前にも増して知った。

久蔵は、弥平次と雲海坊に加藤尋問の顚末を話した。

「御武家の御妻女ですか……」

弥平次は眉をひそめた。

「ああ……」

「お心当たりは……」

雲海坊は、湯気の立つ茶をすすった。

「さあな。知っての通り、俺は支配違いの旗本御家人や大名家の家来でも、悪党なら容赦なく叩き斬り、切腹に追い込んで来た。亭主や恋人、親兄弟を死に追い込まれ、俺を殺したいほど恨んでいる女は多い。倉木や加藤に闇討ちを仕掛けさせた女は、そう云った女の一人だろうな」

久蔵は睨んだ。

「逆恨みですか」

雲海坊は眉をひそめた。

「雲海坊、こっちは逆恨み、身から出た錆だと思っても、向こうは親しい者を殺された只の恨みだ……」

久蔵は苦笑いを浮かべた。

「只の恨み……」

「ああ。香織やお糸にしても、俺や親分が悪事を働いて殺されたら、理由がどうあれ、殺した奴を恨むだろうな」

「そうでしょうねえ……」

弥平次は吐息を洩らした。

人の感情には、理屈や常識で割り切れないものが秘められている。

「ま。とにかく闇討ちを依頼した武家の妻女だ……」

久蔵は、厳しさを過ぎらせた。

「はい」

弥平次と雲海坊は頷いた。

久蔵は、弥平次や雲海坊と探索の手立てを相談した。

笙仙寺の境内には、掃き集めた落ち葉を燃やす煙が棚引いていた。

幸吉と由松は、木戸番の太吉の作ってくれた握り飯を食べ、笙仙寺を見張り続けた。

　笙仙寺の本堂から住職の了庵の経が聞こえ、寺男が境内の掃除をし、朝飯の仕度を始めた。

「田中の野郎、ずっと此処に隠れているんですかね」

　由松は眉をひそめた。

「さあな。その時は引きずり出してやるまでだぜ」

　幸吉はせせら笑った。

「幸吉、由松……」

　神明の平七が、下っ引の庄太を従えてやって来た。

「神明の親分、お早うございます」

　幸吉と由松は挨拶をした。

「田中の野郎に動きはねえようだな」

　平七は笙仙寺を一瞥した。

「はい」

「よし。昨夜、加藤を調べて分かった事を教えるぜ。見張りを庄太と交代してくれ」

「はい」

幸吉と由松は、笙仙寺の見張りを庄太と交代した。

平七は幸吉と由松を伴い、暖簾を掲げたばかりの茶店に入った。


笙仙寺住職の了庵……。

武家の妻女……。

久蔵闇討ちに関して追わなければならないのは、浪人の田中より笙仙寺住職の了庵や武家の妻女なのだ。

「で、平七親分。その武家の妻女が何処の誰かは……」

幸吉は尋ねた。

「加藤は知らないそうだ」

「じゃあ、きっと田中も……」

「知らないだろうな……」

「今の処、知っているのは、笙仙寺の了庵だけですか……」

由松は読んだ。

「ああ……」

平七は頷いた。

田中より了庵……。

「くそっ。寺の坊主じゃあなかったら、さっさと締めあげてやるんだが……」

由松は吐き棄てた。

寺や神社は寺社奉行の支配下にあり、町奉行所が下手に手を出す事は出来ないのだ。

今は見張りを続けるしかない……。

幸吉と由松は、平七や庄太と別れて笙仙寺の見張りに戻った。


久蔵は、南町奉行所の潜り戸を潜った。

神明の平七と庄太が、表門脇の腰掛けで待っていた。

久蔵は、平七と庄太を用部屋に招いた。

「で、幸吉たちに報せてくれたかい」

「はい。秋山さま闇討ちの背後には、笙仙寺の了庵と武家の妻女が潜んでいると……」

「そうか……」

「それで秋山さま、あっしどもは何を……」

平七は、久蔵の指示を待った。

「うん。昔の知り合いで、出家して坊主になった旗本の部屋住みがいる。そいつが今、何処で何をしているか調べてくれねえか」

「ひょっとしたら、そいつが笙仙寺の了庵なんですかい」

平七は身を乗り出した。

「かもしれねえって事だ」

久蔵は小さな笑みを浮かべた。

「で、昔の知り合い、名は何て仰るんです」

「野田《のだ》鋭之介《えいのすけ》。歳は三十五で昔は本郷御弓町《おゆみちょう》の屋敷に住んでいた」

「お屋敷は今も……」

「鋭之介が不始末をしでかしてな。野田家はお取り潰しになり、鋭之介の父親は切腹した」

久蔵は淡々と告げた。

「それで出家ですか……」

「父親の切腹で辛うじて助かってな」

「鋭之介の不始末、秋山さまと関わりが……」

平七は睨んだ。

「ああ。鋭之介、部屋住み仲間や浪人たちと強請たかりを働いてな。俺が叩きのめして目付に突き出した」

「分かりました。すぐに調べてみます」

「ああ。よろしく頼むぜ」

「はい。じゃあ御免なすって……」

平七と庄太は、久蔵に頭を下げて用部屋から出て行った。

久蔵は障子を開けた。

冷たい風が用部屋に一気に広がった。


笙仙寺には参拝客もなく、冷たい風だけが訪れていた。

庫裏から浪人の田中が現れ、怯えたように辺りを窺って三田三丁目の通りに向かった。

「田中の野郎ですぜ」

「よし。俺が追う」

幸吉は物陰から出ようとした。

「兄貴、肝心なのは了庵ですぜ」

由松は眉をひそめた。

「ああ。了庵は元は侍だ。田中を囮にして俺たちが見張っているのを確かめようとしているのかもしれねえ」

「じゃあ……」

「俺が田中を追うのを見届けて出掛けるのかもしれねえ。その時は頼むぜ」

幸吉は、薄笑いを浮かべた。

「成る程、承知しました」

「じゃあな……」

幸吉は、浪人の田中を足早に追った。

由松は見送り、笙仙寺を見張った。

笙仙寺の庫裏の戸が開き、背の高い坊主が出て来た。

住職の了庵だ……。

由松は物陰に身を潜めた。

了庵は、寺男に見送られて足早に出掛けた。

幸吉の兄貴の睨んだ通りだ……。

由松は苦笑し、物陰を出て了庵を尾行した。

三田の通りには冷たい風が吹き抜け、人々は身を縮めて足早に行き交っていた。

通りに出た了庵は、薩摩藩江戸上屋敷の傍を古川に架かる赤羽橋に急いだ。

由松は追った。

了庵は、幸吉が浪人の田中を追って行ったのを見届けており、己を尾行する者に気を払わなかった。

古川に架かる赤羽橋を渡ると、三縁山増上寺の裏手に出る。

了庵は何処に行くのか……。

由松は、了庵を慎重に尾行した。

秋山屋敷は表門を開けていた。

香織は、毛筋程の動揺も見せず、いつも通りに暮らしていた。

雲海坊は、お糸に屋敷の裏手に注意を払って貰い、表門脇から不審な者が現れるのを見張った。

与平は、六尺棒を杖のように突いて雲海坊の傍に来た。

「どうだい、雲海坊。妙な奴は現れないか」

「ええ。現れませんね」

「そうか……」

与平は、厳しい面持ちで門前を睨み廻した。

「与平さん、そんなに怖い顔をして睨み廻したら、妙な奴は現れませんよ」

雲海坊は苦笑した。

「この面を見て妙な奴が現れないのなら、幾らでも見せてやるぜ」

与平は張り切った。

雲海坊は、久蔵闇討ちの手掛かりを摑む為、不審な者の現れるのを待っていた。だが、与平は不審な者が秋山家に災いを及ぼすと考え、近寄らせないつもりなのだ。それが、年老いた与平の久蔵と香織への忠義なのだ。

雲海坊は微笑んだ。

「お前さん……」

お福は、肥った身体を揺らしながら勝手口から来た。

「何だ、お福」

「雲海坊さんの邪魔をしちゃあいけませんよ」

お福は眉をひそめた。

「馬鹿云え、邪魔なんかしちゃあいねえ」

「雲海坊さん。いざって時には、足手纏いの年寄りなんかに構わないで下さいね」

お福は、申し訳なさそうに告げた。

「はい。心得ています」

雲海坊は、笑みを浮かべて頷いた。

「何だお福。そいつは俺が死んでも構わねえって事か……」

与平は、皺だらけの口を尖らせた。

「違いますよ。違いますから、雲海坊さんの邪魔をしないでと云ってんですよ」

お福は云い残し、肥った身体を揺らして勝手口に戻って行った。

「馬鹿野郎が……」

与平は、腹立たしげにお福を見送った。

「与平さん。お福さん、御亭主の与平さんを心配しているんですよ」

雲海坊は笑った。

「そうかあ……」

与平は、雲海坊に疑いの眼を向けた。

「そうですよ」

雲海坊は頷いた。

「あの……」

御高祖頭巾《おこそずきん》を被った武家の女が、門前に佇んでいた。

「はい。何でございましょうか……」

与平は進み出た。

「つかぬ事を伺いますが、この辺りに大塚采女《おおつかうねめ》さまのお屋敷はございませんでしようか」

武家の女は、与平に尋ねた。

「大塚采女さまにございますか……」

「左様です」

「さあ、この辺りに大塚采女さまと仰る方のお屋敷は……」

与平は首を捻った。

「そうですか……」

武家の女は、考えるように視線を宙に泳がせながら秋山屋敷を窺った。

「与平……」

勝手口から香織が現れた。

香織を見る武家の女の眼が鋭く光った。

「これは奥さま……」

「どちらさまにございますか……」

香織は、目立つようになった腹を抱え、武家の女に会釈をした。

「知り合いのお屋敷を探している者にございます。どうも失礼致しました。御免下さい」

武家の女は、香織に微笑みを残して足早に立ち去って行った。

「お気をつけて……」

与平は見送った。

香織は、怪訝な面持ちで見送った。

「奥さま、大塚采女さまと仰られる方、御存知ですか」

「いいえ。聞いた事ありませんが……」

「確か大塚采女さまと云ったよな。雲海坊」

与平は、雲海坊に同意を求めた。だが、そこに雲海坊はいなかった。

「あれ……」

与平は戸惑った。

雲海坊は、武家の女を密かに追った……。

香織の勘が囁いた。

「与平、表門を閉めて下さい」

香織は、厳しい面持ちで命じた。


八丁堀には荷船が行き交っていた。

御高祖頭巾を被った武家の女は、組屋敷街を抜けて八丁堀沿いの道に出た。そして、楓川に架かる弾正橋に向かった。

雲海坊は、物陰伝いに尾行した。

武家の女は、大塚采女の屋敷を探す様子も見せず、組屋敷街を抜けた。

やはり秋山屋敷の様子を探りに来た……。

雲海坊は、香織を見た武家の女の眼に憎しみが過ぎったのを見逃さなかった。

武家の女は、久蔵闇討ちを企てている者なのか……。

雲海坊は、慎重に武家の女を追った。

秋山屋敷は、取り立てて厳しい警戒をしていない……。

武家の女はそう睨み、身重の香織の姿を思い出した。

香織の顔には、一抹の不安も怯えの欠片もなく、幸せに満ち溢れた溌剌《はつらつ》さが溢れていた。

許せない……。

武家の女は、湧き上がる憎悪を止める事は出来なかった。


金杉橋の袂の剣術道場からは、木刀の打ち合う音や気合いは聞こえなかった。

浪人の田中は、三田の笙仙寺から金杉橋の剣術道場に来た。

幸吉は見届けた。

剣術道場に入った田中は、屯《たむろ》して安酒を飲んでいた食詰浪人や博奕打ちたちに加わった。

幸吉は見張りを始めた。

神谷町は、三縁山増上寺や愛宕神社の裏手に位置している。

笙仙寺の住職了庵は、神谷町の片隅にある板塀を廻した料理屋『宮川』に入った。

由松は、物陰で様子を窺った。

「これはこれは了庵さま……」

了庵を迎える男の声がした。

「番頭さん、女将さんはおいでになるかな」

「ちょいとお出掛けになっていますが、間もなくお戻りになると思います。さあ、どうぞ」

了庵は、番頭に案内されて料理屋の奥に入って行った。

了庵は、何しに料理屋に来たのか……。

浪人の田中を囮にして尾行を警戒し、逢いに来た料理屋の女将は何者なのか……。

由松は、料理屋『宮川』を見張り始めた。

本郷御弓町は旗本屋敷が甍《いらか》を連ねていた。

神明の平七と庄太は、野田鋭之介の実家を探した。

野田家は取り潰されており、その屋敷はすでに他家に渡っていた。

平七と庄太は、野田鋭之介の行方を追った。

父親が切腹した野田家は一家離散し、鋭之介は出家した。平七と庄太は、鋭之介の出家先の寺を探した。そして、野田家の菩提寺が、谷中天王寺傍の感萬寺《かんまんじ》だと知った。

「親分、菩提寺で訊けば、鋭之介の出家先が分かるかもしれませんね」

庄太は意気込んだ。

本郷から谷中まで遠くはない。

「よし。行ってみるか」

平七と庄太は、本郷御弓町から谷中の感萬寺に急いだ。

秋山屋敷は表門を閉ざした。

香織は、雲海坊が御高祖頭巾の女を怪しみ、密かに追って行ったと考えた。

「きっと奥さまの仰る通りです」

お糸は頷いた。

「お糸ちゃんもそう思いますか……」

「はい。どうします」

お糸は、浪人の娘として生まれ育ち、岡っ引の養女になっただけあって狼狽えず、落ち着いていた。

「さあ、どうしたら良いかしら……」

香織は眉をひそめた。

「宜しければ、父に報せます」

お糸は告げた。

「でも、屋敷から出るのは……」

敵の出方が分からない限り、屋敷の外に出るのは危険だ。

「ご心配は無用です。凧をあげるだけです」

「凧……」

「はい」

お糸は微笑んだ。

四半時後、秋山屋敷の空に奴凧が高々とあがった。

四

奴凧は冷たい風を受け、抜けるような青空に舞った。

「親分、秋山さまのお屋敷から奴凧があがりました」

船頭の勇次は、屋根船の障子の内に告げた。

「あがったかい……」

障子の内から出て来た弥平次が、奴凧のあがる青空を眩しげに見上げた。

「急ぎましょう」

勇次は、弥平次を急かした。

「よし」

弥平次と勇次は、屋根船から楓川に架かる松幡橋《まつはたばし》の船着場に降りた。

松幡橋の船着場から八丁堀岡崎町は近い。

弥平次は、秋山屋敷の警戒が敵に知れないように離れた場所に待機し、お糸に奴凧を渡した。

何かあった時には奴凧をあげろ……。

お糸は奴凧をあげた。

弥平次は、勇次を従えて八丁堀の秋山屋敷に急いだ。

弥平次と勇次は、秋山屋敷の裏門を小さく叩いた。

裏門はすぐに開き、弥平次と勇次は素早く屋敷内に入った。

お糸がすぐに裏門を閉めた。

「お父っつあん……」

「何があった」

「妙な武家の女の人が来て、雲海坊さんが追って行ったんです」

「そうか。勇次、表を見張れ」

「合点です」

勇次は表門に走った。

「よし。奥さまと与平さんたちに御挨拶をするぜ」

「はい」

お糸は、弥平次を香織の許に案内した。

神谷町の料理屋『宮川』は、大店の隠居や坊主などが利用していた。

由松は見張った。

御高祖頭巾の武家の女が、料理屋『宮川』の暖簾を潜った。

「お帰りなさいませ」

番頭が迎えた。

「何か変わった事は……」

「了庵さまがお待ちにございます」

「了庵どのが……」

御高祖頭巾の武家の女は、番頭と言葉を交わしながら奥に入って行った。

由松は、番頭との遣り取りから、御高祖頭巾の武家の女が女将だと見定めた。

武家の女が料理屋の女将……。

由松は戸惑った。

「由松……」

雲海坊が、由松の背後に現れた。

「雲海坊の兄貴……」

由松は驚いた。

「驚いたのはこっちだぜ」

雲海坊は苦笑した。

「笙仙寺の住職の了庵を追って来ましてね」

「笙仙寺の了庵……」

「ええ。兄貴は今の女を……」

由松は眉をひそめた。

「ああ。秋山さまのお屋敷を探りに来やがってな……」

雲海坊と由松は、互いに分かった事を教え合った。

「どうやら、料理屋宮川の女将が、秋山さま闇討ちを企てた武家の妻女ですね」

由松は睨んだ。

「うん。とにかく宮川の女将の素性、調べてみる。由松は此処を頼むぜ」

「承知……」

雲海坊は由松を見張りに残し、神谷町の自身番に急いだ。

了庵は、座敷で一人静かに酒を飲んでいた。

「失礼しますよ」

女将が入って来た。

「帰ったか……」

了庵は、猪口の酒を飲み干した。

「どうしました」

女将は、了庵を厳しく一瞥した。

「加藤が捕らえられ、田中が逃げ込んで来た」

「じゃあ久蔵が……」

「ああ。配下の者を動かし、探索の手を伸ばして来ている。俺はもう笙仙寺には戻らぬ」

「了庵どの、家を潰されて一家離散した恨み、お忘れですか……」

女将は、微かな嘲りを滲ませた。

「忘れるはずはない」

了庵は苦笑した。

「ならば、やられる前にやるしかあるまい」

女将は、了庵を見据えた。

「だが、倉木や加藤たちを見ても分かるように、生半可な腕では秋山久蔵は倒せぬ」

「秋山久蔵、倒せぬなら地獄の苦しみを思い知らせるまで……」

女将は艶然と笑った。

「地獄の苦しみ……」

了庵は眉をひそめた。

「ええ。妻や奉公人を容赦なく斬れば、久蔵は地獄の苦しみを味わうはず」

「だが、秋山久蔵だ。抜かりはあるまい」

「いいえ。屋敷には身重の妻と年老いた奉公人夫婦。他に若い娘と下男がいるだけ。了庵どの一人でも容易に片付けられるでしょう」

女将は笑顔で告げた。

「探って来たのか……」

了庵は、女将の出掛けた先が秋山屋敷だと気付いた。

「ええ。久蔵の妻の若々しい顔や突き出た腹は幸せそのものでした。許せぬ。妾《わらわ》は許せませぬ。妾を袖にした久蔵を……」

女将は、怒りと屈辱に震えた。

「その妻や奉公人たちを殺めれば、久蔵を地獄に落とせるか……」

「左様。了庵どの、久蔵が留守の間に屋敷を襲うのです」

女将は、凄絶な笑みを浮かべた。


谷中の感萬寺には、住職の他に弟子の若い坊主と年老いた寺男がいた。

神明の平七と庄太は、界隈で感萬寺と住職の評判を聞き込んだ。

感萬寺と住職の評判は良かった。

平七は感萬寺を訪れた。

感萬寺の境内では、年老いた寺男の作造が掃除をしていた。

「作造さんですか……」

平七は近づいた。

「ああ。そうだが、お前さんは……」

老寺男の作造は、平七に怪訝な眼差しを向けた。

「あっしは神明の平七と申します……」

平七は、懐の十手を僅かに見せた。

「親分さん、ここはお寺社の御支配だよ」

作造は、白髪混じりの眉をひそめた。

「そいつは良く知っております。それで、作造さんにちょいと……」

平七は、作造に素早く小粒を握らせた。

「親分……」

作造は慌てた。

「作造さん、訊きたいのは、昔感萬寺で出家した野田鋭之介さんの事なんですがね」

「野田鋭之介……」

作造は、小粒を握り締めた。

「御存知ですかい」

「良く覚えているよ」

作造は、覚悟を決めたのか吐息混じりに頷いた。

「野田鋭之介さん、実家がお取り潰しになり、こちらで出家したと聞いたんですが……」

「ああ。自分の悪行でお父上さまが切腹され、お家もお取り潰し。此処に来た時は、そりゃあ神妙な顔をして得度され、修行を始めたんだがね……」

作造は、腹立たしさを滲ませた。

「どうかしたんですか……」

平七は、作造に話の先を促した。

「半年もしない内に夜な夜な遊び歩くようになりましてね。酷い奴だよ」

作造は吐き棄てた。

野田鋭之介は、出家して半年も経たない内に放蕩者に戻った。

住職は怒り、鋭之介を破門して放逐した。

「感萬寺を追い出されたのですか……」

「ああ。流石に温厚な御住職も怒り呆れられ、見放されたのです」

「それで、鋭之介は追い出されてどうしたか、分かりますかね」

「噂じゃあ、坊主の真似事をして後家さんを騙したり、強請たかりを働いている
そうですが、何処かの寺に潜り込んだとか……」

「何処の寺か分かりますか……」

「芝か赤坂の方だと聞いたが……」

「芝か赤坂……」

笙仙寺のある三田は、芝と赤坂の間になる。

「ああ……」

「三田じゃありませんかい……」

平七は睨んだ。

「さあな……」

作造は首を捻った。

「そうですか。で、作造さん、野田鋭之介の法名は何て云うんですか」

「此処にいた時は、幸念って名を授けられていたが、追い出されてからは、何と名乗っているのやら……」

「了庵じゃありませんかい」

「すまねえが、分からねえ……」

作造は、申し訳なさそうに首を横に振った。

「そうですか。じゃあ、幸念ってのは、どんな人相風体ですか」

「背の高い痩せた奴で。そう云やあ、右の二の腕に赤い牡丹の花の彫り物があった」

作造は僅かに意気込んだ。

「右の二の腕に赤い牡丹の花の彫り物……」

平七は思いを巡らせた。

了庵の右の二の腕に赤い牡丹の花の彫り物があれば、感萬寺を破門された幸念であり、野田鋭之介と云う事になる。

平七は、了庵が野田鋭之介だと証す手立てを摑んだ。

「役に立つかい……」

「そりゃあもう。大助かりですよ」

平七は喜んでみせた。

「そうかい。そりゃあ良かった」

作造は、握らされた小粒の分だけ役に立ったと、安心したように笑った。

料理屋『宮川』は、大店の隠居が三十歳も年下の妾の為に造った店だった。

一年前、大店の隠居は亡くなり、妾は料理屋『宮川』の女将になった。

「女将、名は何て云うんですか」

雲海坊は、自身番の店番に尋ねた。

「名前ですか……」

店番は、町内の名簿を見た。

「ああ。佐和《さわ》さんですね」

「佐和……」

雲海坊は眉をひそめた。

「ええ。お武家さまの出のようですね」

店番は頷いた。

「何処のお武家さまの出か分かりますかね」

「さあ。そこまでは……」

店番は首を捻った。

料理屋『宮川』の女将の佐和は、武家の出だった。

「ま。三十歳も年上の隠居の妾になったぐらいです。お武家の出と云っても、きっと高が知れていますよ」

店番は、微かな侮りを過ぎらせた。

佐和は、料理屋の女将でありながら武家の妻女の姿をして歩いている。それは、未だ以て武家の身分に未練を持ち、隠居の妾や料理屋の女将になるのが本意ではない証と云えた。

雲海坊は、佐和を妾にした死んだ隠居の店に急いだ。

南町奉行所は夕陽に包まれ、用部屋の障子は赤く染まった。

「右の二の腕に牡丹の彫り物か……」

久蔵の眼が鋭く輝いた。

「はい。了庵の二の腕に牡丹の彫り物があれば、野田鋭之介の証となります」

「うむ。それにしても半年で破門されたとは、まさに三つ子の魂百までもだな……」

久蔵は苦笑した。

「はい。呆れたものです。放蕩と恨み、忘れられぬものと思われます」

「うむ。了庵の仮面、剝ぎ取ってくれる」

「秋山さま……」

小者が障子越しに声を掛けて来た。

「どうした」

「柳橋の弥平次の身内が参っております」

「通せ」

「はい」

「雲海坊にございます」

「おお、雲海坊か、入ってくれ」

雲海坊が用部屋に入って来た。

「御無礼致します。こりゃあ平七の親分……」

雲海坊は、久蔵と平七に挨拶をした。

「まあ、先ずは手焙りに当たるがよい」

「畏れ入ります」

雲海坊は、手焙りに僅かに手を翳し、膝を進めた。

「御高祖頭巾を被った武家の女が、お屋敷に現れまして。後を尾行た処、神谷町の料理屋宮川に入りました」

「料理屋の宮川……」

「はい。そして、宮川の前に由松がおりました」

「由松が……」

「はい。由松は了庵を尾行て来ていました」

「ならば、武家の女と了庵が……」

「おそらく。武家の女は宮川の女将で佐和と云う名前でした」

「佐和……」

久蔵は、微かな戸惑いを過ぎらせた。

「死んだ宮川の持ち主の隠居の妾でしてね。元は旗本の娘です」

「旗本の娘……」

「はい。お父上は堀越惣兵衛《ほりこしそうべえ》さまと申される方です」

雲海坊は死んだ隠居の店に赴き、佐和の詳しい身許を調べて来ていた。

「そうか、堀越佐和か……」

久蔵は眉をひそめた。

「御存知なのですか……」

平七は久蔵を見守った。

「昔、後添え話があった女だ」

「秋山さまの後添え……」

平七は、思わず雲海坊と顔を見合わせた。

「ああ。だが、堀越佐和は何事にも派手好きで、身分に拘る女でな。俺と性が合うわけがねえ」

久蔵は苦笑した。

「じゃあ、お断りに……」

雲海坊は眉をひそめた。

「うむ。後添えになったとしても、朝出掛けたら帰る時を知らず、捕り物と出役にいつ命を落すか分からぬ毎日、耐えられるはずもなく、苦労は眼に見えているのでな」

「そうですか……」

雲海坊は、久蔵の優しさの欠片を見た。

「それにしても、そのような方が何故、大店の隠居の妾になったのでしょうね」

平七は、困惑を滲ませた。

「さあな……」

おそらく佐和は、久蔵に縁談を断られ、父親や堀越家の持て余し者となった。そして、金を思いのままに使える大店の隠居の妾の座に己の居場所を見つけたのかもしれない。

久蔵はそう読み、哀れみを覚えた。

「それで秋山さま。佐和を妾にした大店の隠居ですが、家族の話では佐和に殺されたのではないかと……」

雲海坊は緊張を滲ませた。

「佐和に殺されただと……」

久蔵は、微かな戦慄を覚えた。

「はい。隠居は病を患ってもいなく、前の晩までは楽しげに酒を飲んでいたそうです。処が翌朝、何故か死んでいたそうです」

「身体に傷はなかったのか……」

「はい。首を絞められた痕もなかったそうです。ですが……」

雲海坊は言葉を濁した。

「ですが、どうしたんだい」

久蔵は促した。

「隠居の口の中に、紙屑が僅かに残っていたとか……」

雲海坊は告げた。

「濡れ紙で息を止めたか……」

平七は睨んだ。

紙を濡らし、寝ている者の口と鼻に貼り付けて息の根を止めるのは、牢屋敷の囚人の間で行われていると云う殺しの手口だ。

「秋山さま……」

平七と雲海坊は、久蔵の指図を待った。

「よし。佐和と了庵から眼を離すな」

「承知しました」

平七と雲海坊は、慌ただしく用部屋を出て行った。

日はすでに暮れており、用部屋に夜の冷たい風が流れ込んだ。

「佐和と野田鋭之介か……」

二人が何処で関わり合ったのかは分からない。しかし、久蔵を恨んでいるのは同じだ。佐和と野田鋭之介は、久蔵を恨んでいる事で繫がりを持ったのかもしれない。

哀れな……。

そうした想いが、不意に久蔵を過ぎった。

流れ込む夜風は冷たかった。

寒い夜が始まった。

剣術道場には明かりが灯され、田中たち浪人が酒を飲み続けていた。

幸吉は、剣術道場の見張りを続けた。

これだけ酒を飲めば、今夜はもう動く事はない……。

幸吉はそう見定めた。

「幸吉さん……」

下っ引の庄太が、駆け寄って来た。

「おう。どうした」

「へい。武家の女の素性が割れました……」

庄太は、幸吉に事件の経緯を報せるよう、平七に命じられて来た。

結末は近づいている……。

幸吉は、庄太と共に神谷町の料理屋『宮川』に急いだ。


料理屋『宮川』から三味線の爪弾きが洩れていた。

平七と雲海坊は、由松に迎えられた。

「了庵の野郎、まだいるのか……」

雲海坊は苦笑した。

「ええ。どうやら笙仙寺に手が廻ったと見て、帰る気はねえようですぜ」

由松は読んだ。

「女将の佐和はいるな」

平七は由松に尋ねた。

「はい。おりますが、素性、分かったんですかい」

「ああ……」

平七と雲海坊は、由松に分かった事を教えた。僅かな刻が過ぎた頃、幸吉と庄太がやって来た。

平七と幸吉たちは、料理屋『宮川』を取り囲んで佐和と了庵の動きを見張った。


小半時が過ぎた。

久蔵が着流し姿でやって来た。

平七と幸吉が駆け寄った。

「御苦労だな」

「いいえ。佐和と了庵は中にいます」

「よし。始末を付ける。宮川の廻りを固めておいてくれ」

「心得ました」

平七と幸吉は頷いた。

久蔵は、料理屋『宮川』の暖簾を潜った。

料理屋『宮川』には、客の楽しげなざわめきが漂っていた。

「どうぞ……」

久蔵は、仲居の酌を受けた。

「お料理をお持ち致します」

仲居は座を立った。

「女将を呼んでくれ」

久蔵は酒を飲んだ。

「女将さんですか……」

「ああ。秋山久蔵が逢いたいとな……」

「承知致しました」

仲居は座敷を出て行った。

久蔵は手酌で酒を飲んだ。

僅かな刻が過ぎ、近づいて来た足音が座敷の前に止まった。

「失礼致します」

「入ってくれ」

久蔵は、猪口の酒を飲み干した。

襖を開けて、佐和が入って来た。

「女将にございます」

佐和は、怯む様子も見せず、久蔵に挨拶をした。

「久し振りだな」

「はい。秋山さまにもお変わりなく……」

佐和は、艶然と微笑んで徳利を差し出した。

「どうぞ……」

久蔵は猪口を差し出した。

佐和は、久蔵の猪口に酒を満たした。徳利には微かな震えもなく、酒を零《こぼ》す事はなかった。

「俺を闇討ちさせたな」

「はい……」

佐和は、悪びれる事もなく楽しげに頷いた。

「何故だ」

「こうしてお逢いしたかったから……」

佐和は微笑んだ。美し過ぎるほどの微笑みだった。

「逢ってどうする」

久蔵は、湧き上がる戸惑いを振り払うように酒を飲み干した。

「秋山さま。父は貴方さまに縁談を断られた私を目障りだと、大店の隠居に妾として売り渡しました」

「売り渡したなどと……」

久蔵は、空になった猪口を膳に戻した。

「私と引き替えに大金を貰ったのです。売り渡したと申して何の不都合がありましょう」

佐和は、己への嘲りと口惜しさを過ぎらせた。

「それが、俺のせいだと恨んだか……」

「さあ……」

佐和は、空になった猪口を手にし、久蔵に差し出した。久蔵は徳利を手にし、佐和の差し出した空の猪口に酒を満たした。

佐和は、久蔵に微笑み掛けて美味そうに酒を飲んだ。

「そして、宮川の主の隠居を濡れ紙で殺めたか……」

久蔵は、静かに尋ねた。

「肉の弛んだ染みだらけの身体で私を抱いて、大きな鼾を掻き、涎を垂らし。もう沢山なんですよ」

佐和は、さも可笑しそうに声を押し殺して笑った。

次の瞬間、了庵が庭先から障子を蹴破って現れ、久蔵に斬り掛かった。

久蔵は咄嗟に躱し、了庵の右袖を摑んで引き裂いた。

了庵の右の二の腕が剝き出しになり、赤い牡丹の花の彫り物が露わになった。

「右の二の腕に牡丹の彫り物。やっぱり野田鋭之介か……」

久蔵は嘲りを浮かべた。

「黙れ」

了庵は、久蔵に再び斬り付けた。久蔵は、座ったまま脇差を抜き放った。刀は閃光となって了庵の首の血脈を刎《は》ね斬った。了庵は首から血を撒き散らし、呆然とした面持ちで崩れ落ちた。

佐和が懐剣を抜き、久蔵に突き掛かった。

久蔵は躱さず、座ったまま懐剣を握る佐和を抱き留めた。

佐和は、躱さなかった久蔵に戸惑った。

久蔵の着物の左脇に血が滲んだ。

「久蔵さま……」

久蔵は微笑んだ。

「少しは気がすんだかい……」

「久蔵さま……」

佐和は哀しげに震えた。

刹那、久蔵は脇差を閃かせた。

脇差は、音もなく佐和の心の臓に叩き込まれた。

佐和は、安心したように微笑み、絶命した。

堀越佐和の生涯は終った。

久蔵は手を合わせた。

佐和に刺された脇腹の掠り傷が疼いた。


久蔵は、佐和と了庵の始末を平七と幸吉に任せ、雲海坊と由松を従えて金杉橋の袂の剣術道場に向かった。剣術道場では、田中たち浪人が酔い潰れていた。

久蔵は、雲海坊と由松に田中を捕らえさせ、大番屋に引き立てた。

浪人の加藤と田中は、先を争うように何もかも白状した。

佐和は、隠居の口から見つかった紙屑と同じ種類の紙を隠し持っていた。だが、久蔵は料理屋『宮川』を闕所《けっしょ》にするだけで、佐和の隠居殺しを公にしなかった。

風は僅かに暖かくなり、桜の季節が近づいた。

第三話

花明り

一

弥生《やよい》——三月。

雛祭りも終り、桜の蕾が綻び始めた。

秋山屋敷は春の日差しに溢れ、庭に一本ある桜の木の蕾も僅かに綻んでいた。

養生所産婆見習いで介抱人のお鈴《すず》は、お糸の介添えで香織の診察を終えた。

「如何ですか……」

香織は、身繕いをしながら尋ねた。

「何事も順調にございます」

お鈴は微笑んだ。

「そうですか……」

香織は安堵を浮かべた。

「良かったですね、奥さま……」

お糸は、手洗い水を入れた盥《たらい》などを片付けた。

「ええ……」

香織は嬉しげに頷いた。

お糸は、盥などを持って座敷を出て行った。

「奥さま、産み月は七月。お産は病じゃありませんので、それなりに身体を動かし、心穏やかにお過ごし下さい」

お鈴は、浪人の娘で岡っ引の本湊の半次の住む長屋で暮らし、小石川養生所の本道医の小川良哲に師事して産婆の勉強していた。

香織とお糸は、そんなお鈴と半次や北町奉行所臨時廻り同心の白縫半兵衛たちを通して知り合った。そして、香織は自分のお産の産婆にお鈴を頼んだ。以来、お鈴は十日に一度の割りで秋山屋敷に往診していた。

お糸が、お福と共に茶と茶菓子を持って入って来た。

「どうぞ……」

お糸は、お鈴に茶を差し出した。

「ありがとうございます」

「お鈴さん、お世話さまにございます。奥さま、順調だそうで何よりにございます」

お福は、嬉しげにふくよかな身体を揺らした。

「お福、みんなのお陰ですよ」

香織は微笑んだ。

「きっと、丸々とした玉のような赤ん坊です。このお福が請負います」

お福は、自信満々に胸を叩いた。ふくよかな身体が二度三度と大きく揺れた。

「もう、お福さんたら……」

お糸は、堪えきれずに笑い出した。

香織とお鈴は声を揃えて続いた。そして、お福自身も大声で笑い出した。

春の日差しに溢れた秋山屋敷には、女たちの和やかな笑い声が溢れた。


申の刻七つ半（午後五時）が過ぎた。

お鈴は、薬籠とお福の持たせてくれた魚の干物や野菜などの風呂敷包みを提げ、お糸と与平に見送られて秋山屋敷を出た。

秋山屋敷を出たお鈴は、八丁堀の大通りを東の亀島川に向かった。

夕暮れ時の八丁堀の組屋敷街は、仕事を終えて帰宅する与力同心たちがいた。

亀島川沿いの道を南東に進むと、八丁堀との合流地に出る。そこに架かる稲荷橋を渡ると鉄砲洲波除稲荷《てつぽうずなみよけいなり》があり、お鈴の暮らす長屋のある本湊町になる。

お鈴は、切迫した患者や気になる患者がいる時は養生所に泊まり込むが、今はそうした患者もいなかった。

お鈴は、稲荷橋に差し掛かった。

夕暮れに包まれた稲荷橋には、行き交う人もなく潮の香りが漂っていた。

お鈴は稲荷橋を渡り、波除稲荷の脇に出た。

次の瞬間、お鈴は背後から肩を叩かれ、驚きながら振り返った。途端にお鈴の鳩尾に拳が叩き込まれた。

お鈴は、遠ざかる意識の中で、薬籠と風呂敷包みを落すのが分かった。

若い羽織袴の武士は、意識を失って崩れ落ちるお鈴を抱き留めた。

「源吉、薬籠を忘れるな」

羽織袴の武士は、後ろにいた町方の中年男に命じ、お鈴を担ぎ上げた。

「へい」

源吉と呼ばれた町方の中年男は、お鈴の薬籠を拾って船着場に降りる羽織袴の武士を追った。

船着場には猪牙舟《ちよきぶね》が繋がれていた。

「黒沢さま……」

源吉は、黒沢と呼んだ羽織袴の武士から気を失ったお鈴を受け取り、猪牙舟に寝かせた。

黒沢は、お鈴に筵を掛けた。

源吉は、猪牙舟の艫綱《ともづな》を素早く解き、舳先《へさき》を大川に向けた。

「急げ」

「へい」

源吉の漕ぐ猪牙舟は、夕闇に覆われた大川を櫓の軋みを鳴らして遡った。

暗闇と静寂が満ち溢れていた。

お鈴は、身を起こそうとした。だが、後ろ手に縛られており、起きる事は叶わなかった。

板戸が開き、細い明かりが差し込んだ。

お鈴は身を固くした。

黒沢が手燭を持って入って来た。

お鈴は、稲荷橋で若い羽織袴の武士に襲われたのを思い出した。

「気が付いたか……」

お鈴は、黒沢を見つめ恐ろしげに頷いた。

黒沢の顔には、申し訳なさが微かに過ぎった。

「私をどうする気ですか……」

「仕事をして貰う」

黒沢は、お鈴の手を縛った縄を解いた。

「仕事……」

お鈴は戸惑った。

「お前は養生所の産婆だろう」

「じゃあ、産婆の仕事……」

「ああ。良いか、決して逃げようとするな。逃げようとすれば、容赦なく斬る」

黒沢は、お鈴を見据えた。

お鈴は頷いた。

「一緒に来るんだ」

黒沢は、お鈴の腕を取って立たせた。

燭台の明かりは仄かに座敷を照らしていた。

高価な蒲団に若い女が横たわり、老女が固い面持ちで付き添っていた。

「萩尾さま。産婆のお鈴にございます」

黒沢は、老女の萩尾に告げた。

「うむ……」

萩尾は、お鈴を値踏みするように見据えて頷いた。

「では……」

黒沢は、お鈴を残して座敷の外に出た。

萩尾は、若い女に掛けられている蒲団を静かに捲った。

若い女の腹は、見事なまでに大きくなっていた。

臨月……。

お鈴は気付いた。

「今月が産み月。どうか無事に赤子を産ませてやって戴きたい」

萩尾は、お鈴を見据えた。

お鈴は、若い女の大きな腹を触り、赤子の様子を診た。

赤子は動き、お鈴の掌に確かな命を報せた。

若い女は、お鈴を見つめて手を合わせた。

お鈴は困惑した。

様子から見れば、若い女は結構な身分の女であり、お産に苦労するとは思えない。

お鈴の困惑は広がった。

手を合わせる若い女の目尻から涙が零れた。

「何も心配はいりませんよ」

お鈴は思わず励ました。


秋山屋敷は表門が開けられ、与平が掃除に余念がなかった。

「おはようございます」

岡っ引の本湊の半次がやって来た。半次は、北町奉行所臨時廻り同心白縫半兵衛に手札を貰っている岡っ引であり、久蔵と何度も一緒に捕り物をしていた。

「やあ。半次の親分。朝早くからどうかしたかい」

「はい。昨日、こちらにお鈴ちゃんがお伺いしたはずですが……」

「ああ。お鈴ちゃん、昨日の暮六つ前に本湊に帰ったぜ」

「帰った……」

半次は眉をひそめた。

「お鈴ちゃん、どうかしたのか」

「ええ。実は昨日から帰っちゃあいないんでして……」

「何だと……」

与平は白髪眉をひそめた。


南町奉行所与力秋山久蔵は、濡縁に出て来た。

庭先に半次が控えていた。

「半次、お鈴が行方知れずだと」

久蔵は厳しさを滲ませた。

「はい。昨日、秋山さまのお屋敷にお伺いした後……」

「姿を消したか……」

お糸が茶を持って来て、久蔵と半次に差し出した。

「どうぞ……」

「畏れ入ります」

半次は恐縮した。

「お糸、そこにいてくれ」

「はい」

お糸は、心配げな面持ちで脇に控えた。

「半次、お鈴の昨日の此処からの足取り、分かっているのか……」

「いいえ。それで、こちらに伺えば何か分かるかと……」

「お糸。お鈴は昨日、此処から真っ直ぐ本湊の長屋に帰ったのかな」

「はい。お福さんに鰺《あじ》の干物や野菜を持たされ、申の刻七つ半過ぎ、真っ直ぐに本湊の長屋にお帰りになりました」

「鰺の干物や野菜ですか……」

半次は眉をひそめた。

「半次、鰺の干物と野菜がどうかしたのか」

久蔵は戸惑った。

「はい。実は稲荷橋の袂に鰺の干物や野菜が散らばっていたそうです」

半次は厳しさを浮かべた。

「ならば……」

久蔵は眉をひそめた。

「ひょっとしたら、稲荷橋の袂で何者かに襲われ、連れ去られたのかもしれません」

半次は睨んだ。

「旦那さま……」

お糸は不安に包まれた。

「うむ。半次、稲荷橋界隈に聞き込みを掛けろ。俺もすぐ行く。お糸、香織に出掛けると報せてくれ」

「はい」

お糸は台所に急いだ。

「それじゃあ秋山さま、あっしは稲荷橋に参ります」

「うむ」

半次は庭から慌ただしく出て行き、久蔵は出掛ける仕度を始めた。

八丁堀に架かる稲荷橋には、鷗《かもめ》が飛び交い潮騒が響いていた。

久蔵は、稲荷橋の上に佇んで辺りを見廻した。

八丁堀と亀島川には、荷を積んだ艀《はしけ》が行き交っていた。

落ちていた鯵の干物と野菜がお鈴の物であったら、一緒に持っていた薬籠はどうしたのだ。

もし、お鈴が連れ去られたのなら、襲った者は薬籠を持ち去った事になる。そうなると、お鈴は医師として連れ去られたと云える。

久蔵は推し測った。

「秋山さま……」

半次が駆け寄って来た。

「何か分かったか……」

「はい。昨日の夕暮れ、稲荷橋の船着場から羽織袴の侍を乗せた猪牙舟が大川に向かって行ったとか……」

「羽織袴の侍か……」

旗本御家人か大名家の家来……。

久蔵は睨んだ。

「はい。何か関わりがありますかね」

「おそらくな……」

「秋山さま、半次……」

役者崩れの鶴次郎《つるじろう》が、緋牡丹の絵柄の派手な半纏を翻して駆け寄って来た。

「おう。どうだった」

半次は迎えた。

「お鈴ちゃん、養生所に泊まり込んでいねえし、現れてもいねえぜ」

鶴次郎は、半次の幼馴染みであり、やはり白縫半兵衛の手先を勤めていた。

「そうか。秋山さま……」

「よし。半次、鶴次郎と羽織袴の侍を乗せた猪牙舟の行方を追ってみろ。俺も心当りに探りを入れてみる」

「よろしくお願いします」

半次は頭を下げた。

「なあに、俺の屋敷に来た帰りに行方知れずになったんだ。放っちゃあおけねえ」

久蔵は、厳しさを過ぎらせた。

小石川養生所は通いの患者で賑わっていた。

久蔵は、養生所肝煎で本道医の小川良哲に逢った。

「お鈴が行方知れず……」

良哲は驚いた。

「うむ。どうやら旗本御家人か大名家の者が絡んでいるようだが、何か心当りはないかな」

「心当りですか……」

「ああ……」

「秋山さま。此処は施療所、旗本御家人や大名家の家来衆が来る処ではありませんよ」

養生所は、病の貧困者を無料で診る施療院であり、旗本御家人や大名家の家来が来る場所ではない。

「成る程……」

「それにしても、お鈴が何故……」

良哲は眉をひそめた。

「薬籠も持ち去られている。おそらく医者として連れ去られたはずだ」

「医者としてなら、連れて行かれた先には身重の患者がいるのかもしれませんね」

良哲は読んだ。

「成る程。お鈴は産婆の修業をしている身、用があるのは身籠もった女か……」

「はい」

良哲は頷いた。

久蔵は、お鈴を連れ去るような身重の患者がいるかどうか尋ねた。

「そのような患者、今の養生所にはいませんよ」

良哲は困惑した。

「そうか……」

久蔵は、良哲への聞き込みを終え、養生所に詰めている見廻り同心に不審な侍が来なかったか尋ねた。見廻り同心は、不審な侍を見掛けていなかった。

久蔵は、聞き込みを終えた。

久蔵は、養生所の木戸門に向かった。

「あの……」

下男で門番の五郎八《ごろはち》が、久蔵に近づいて来た。

「何だ……」

「二、三日前、産婆はいないか聞きに来たお侍がいました」

五郎八は、若々しい顔を緊張させて告げた。

「どんな侍だ」

「羽織袴の若い侍でした」

「羽織袴……」

猪牙舟に乗っていた侍と同じだ。だが、羽織袴の侍など、江戸の町には掃いて棄てるほどいる。

「はい。それで、産婆はいないが、修業中のお鈴さんがいると教えました」

「それで、羽織袴の若い侍、どうした」

「その時は帰りましたが、昨日も来ていたようでした」

「昨日も……」

久蔵は眉をひそめた。

「はい」

五郎八は、喉を鳴らして頷いた。

「今日はどうした」

「来ちゃあいません」

五郎八は眉をひそめた。

羽織袴の若い侍は、お鈴の顔を見定めて連れ去ったのかもしれない。

「その方、名は何と云う」

「へい。五郎八と申します」

「五郎八、その羽織袴の若い侍、顔を見れば分かるか……」

「はい」

五郎八は頷いた。

お鈴は産婆として連れ去られた……。

産婆として連れ去られた限り、その身に危害を加えられたり、今すぐ命を奪われる心配はない。

久蔵は睨んだ。

二

養生所の庭に干された寝間着や晒しは、春の風に揺れて眩しく輝いていた。

座敷は薄暗く、静けさに包まれていた。

若い女は蒲団に横たわっていた。

お鈴は、若い女を診察して異常のないのを確かめた。

「赤子は如何ですか……」

若い女はか細い声で尋ねた。

「変わった様子はございませんよ」

「良かった……」

若い女は、安心したように眼を瞑った。

「御方さまはお幾つですか……」

お鈴は尋ねた。

「お鈴さま。私は十八歳で名は眉《まゆ》と申します」

若い女は微笑んだ。

「お眉さまですか……」

「はい」

お鈴は障子を開けた。

明け放たれた障子から日差しが差し込み、手入れの行き届いた庭が広がっていた。

庭には春の風が吹き抜け、桜の古木は花の蕾を綻ばせて仄かに色づいていた。

「良い気持ちですね」

お鈴は、眼を細めて微風を受けた。

「はい……」

お眉は、解れ髪を揺らして微笑んだ。

「何をしています」

やって来た萩尾が狼狽えた。そして、一緒に来た黒沢が慌てて障子を閉めた。

座敷は再び薄暗くなった。

お鈴は困惑した。

「お鈴どの、お眉さまは大切な身。万一の事があってはなりませぬ。障子は決して開けぬように。よろしいですね」

萩尾は、お鈴を厳しく見据えた。

「は、はい……」

お鈴は、困惑を浮かべた。

黒沢が、忍び込むように戻って来た。

「庭に不審な処はありません」

黒沢は萩尾に告げた。

「そうですか……」

萩尾と黒沢は、お眉の身辺を厳しく警戒していた。

「お鈴どの、お眉さまの診察は終えられたのですか」

「はい。お眉さまと赤子に変わった様子はなく、いつお産まれになってもおかしくはございませぬ」

「そうですか。では、その時が来たら報せます。お部屋にお引き取り下さい」

萩尾は冷たく告げた。

「は、はあ……」

お鈴は困惑した。

「さあ……」

黒沢が促した。

「それでは、お眉さま……」

お鈴はお眉に挨拶をし、黒沢と共に座敷を出た。

お眉は、哀しげに見送った。

明り取りから差し込む僅かな日差しは、狭い部屋を仄かに照らしていた。

お鈴は、僅かな陽差しの中に座った。

窓の障子と雨戸は閉められ、釘を打ち込まれていた。残る二面は壁であり、残る面に板戸があった。だが、板戸には鍵が掛けられていた。

お鈴は、自分が稲荷橋で襲われたのを思い出さずにはいられなかった。

此処は何処なのか……。

萩尾と黒沢は何者なのか……。

お眉は何故、隠れてお産をしようとしているのか……。

お鈴には、分からない事ばかりだった。

船を漕ぐ櫓の軋みが微かに聞こえた。

川の近い処かも……、
お鈴は、差し込む僅かな日差しを浴び、聞こえて来る物音に耳を澄ませた。

永代橋《えいたいばし》は大川の河口近くにある。

半次と鶴次郎は、暮六つ前に羽織袴の侍を乗せて稲荷橋から大川に向かった猪牙舟を探し、永代橋に佇んだ。

永代橋の南は江戸湊になり、大川は北に続いている。そして、東には本所深川の堀割が縦横に走り、西には神田川がある。

お鈴と羽織袴の侍を乗せた猪牙舟は、大川に出てどちらに行ったのか……。

半次と鶴次郎は、永代橋の西詰と東詰の橋番、船着場、船宿などに聞き込みを掛けた。だが、半時が過ぎても、探している猪牙舟を見た者を探し出せなかった。

「おう、鶴次郎じゃあねえか……」

鶴次郎は、永代橋の東詰の船着場で嗄《しゃが》れ声に呼び止められた。

嗄れ声の主は、柳橋の船宿『笹舟』の船頭の親方の伝八だった。

「こりゃあ伝八の親方……」

「何しているんだ」

伝八は、江戸でも五本の指に入る老練な船頭であり、仲間にも顔が広かった。

「実は伝八の親方……」

「昨日の暮六つ前、羽織袴の侍を乗せた猪牙舟だろう」

伝八は笑みを浮かべた。

「ええ……」

鶴次郎は戸惑った。

「大川の船頭たちに触れを廻してな。今、幸吉が見掛けたって廻船問屋の船頭に聞きに行っているぜ」

「親方、どうして……」

鶴次郎は眉をひそめた。

「秋山さまが笹舟にお見えになってな」

「秋山さまが……」

「ああ……」

久蔵に抜かりはなかった。

「そうか……」

「鶴次郎さん……」

幸吉が、廻船問屋から駆け寄って来た。

「やあ……」

「探している猪牙。どうやら大川を遡って行ったようですぜ」

「じゃあ、両国、浅草か……」

「それから向島か神田川沿い……」

幸吉は、猪牙舟の行方の他にも何か摑んでいる……。

鶴次郎は睨んだ。

「幸吉……」

「鶴次郎さん、羽織袴の侍を乗せた猪牙舟の船頭ですがね。昔、この界隈の廻船問屋で働いていた船頭で、今は何処かの大名屋敷に小者として奉公しているそうですぜ」

「だったら源吉だな」

伝八が眉をひそめた。

「知っているんですかい、親方……」

幸吉は尋ねた。

「ああ。源吉、余り腕は良くねえが、船頭としちゃあ、まあ一人前だ」

「親方、奉公先の大名、分かるかな」

「確か、近江の高島藩って大名だと聞いた覚えがあるよ」

「近江の高島藩……」

鶴次郎は、ようやく微かな手掛かりを摑んだ。

「どうします。鶴次郎さん」

「うん。半次に報せて高島藩の江戸上屋敷に行ってみるぜ」

「分かりました。あっしも親分に報せて行きます」

「すまねえな。助かりましたよ、伝八の親方。じゃあ、御免なすって……」

鶴次郎は、永代橋にあがって半次のいる西詰に走った。


近江国高島藩江戸上屋敷は築地本願寺の傍にあり、半次とお鈴の暮らす長屋がある本湊町に近かった。

半次と鶴次郎は、本願寺の境内から堀割の向こうに見える高島藩江戸上屋敷を眺めた。

高島藩江戸上屋敷は表門を閉じており、出入りする者も少なかった。

「高島藩戸田家か……」

「ああ。殿さまの戸田頼政さまは、今参勤交代で国許に帰られているそうだぜ」

鶴次郎は、上屋敷に出入りする者を窺っていた。

「お鈴ちゃん、高島藩と何の関わりもないはずだ」

半次は眉をひそめた。

「半次の親分、鶴次郎さん……」

幸吉が久蔵と一緒に来た。

「秋山さま……」

半次と鶴次郎は迎えた。

「話は幸吉に聞いたよ。高島藩か……」

久蔵は、養生所の帰りに船宿『笹舟』に立ち寄り、丁度戻って来た幸吉に話を聞いて来たのだった。

「まだ、はっきりはしませんが……」

「うむ。もし、お鈴の行方知れずに高島藩が絡んでいるとしたら、こいつはお家騒動かもしれねえな」

「お家騒動ですか……」

半次と鶴次郎は顔を見合わせた。

「ああ。お鈴はどうやら養生所の産婆として連れ去られたようだ」

久蔵は、養生所で聞き込んだ話を半次と鶴次郎に伝えた。

「おそらく、高島藩の殿さまの側室か誰かが、密かに子を産む為だろうな」

久蔵は読んだ。

「じゃあ、お鈴ちゃんは高島藩の関わりのある処に……」

半次は身を乗り出した。

「秋山さまのお指図で、高島藩の下屋敷には雲海坊と由松が様子を窺いに行っています」

幸吉が告げた。

「そうか……」

半次と鶴次郎は、柳橋の弥平次たちが本格的に動き出したのを知った。

「半次。気の毒にお鈴は、面倒な争いに巻き込まれたようだ」

久蔵はお鈴を哀れんだ。

「秋山さま……」

半次は、不安を過ぎらせた。

「心配するな、半次。お鈴は必ず無事に助け出すぜ」

久蔵は、不敵な笑みを浮かべた。

久蔵は、高島藩の内情を調べに行った。

半次、鶴次郎、幸吉は、高島藩江戸上屋敷の見張りを続けた。

高島藩江戸上屋敷から若い家来が出て来た。

「追ってみるか」

鶴次郎は、堀割沿いに木挽町《こびきちよう》に向かう若い家来を見つめていた。

「鶴次郎……」

半次の声に緊張が滲んだ。

「どうした」

鶴次郎は、怪訝に半次を振り返った。

高島藩江戸上屋敷から二人の家来が現れ、先に出て行った若い家来を追った。

「先に出た家来を尾行るようだな」

半次は睨んだ。

高島藩家中に何かある……。

「よし。俺が追ってみる」

半次は、本願寺の境内を出た。

「あっしも行きますぜ」

幸吉が続いた。

「頼むぜ」

半次と幸吉は、鶴次郎を残して高島藩の家来たちを追った。

若い家来は、堀割に架かる二ノ橋を渡り、三十間堀《さんじっけんぼり》に架かる木挽橋に向かった。

二人の家来は尾行した。

半次と幸吉は、家来たちを慎重に追った。

木挽町から日本橋の通りに出た若い家来は、京橋から日本橋に進んだ。

「家来が家来を追って、どうする気なんですかね」

幸吉は首を捻った。

「どうせ、まともな話じゃあないだろうな」

半次は、嘲りを浮かべた。

若い家来は日本橋を渡り、日本橋の通りを神田八ッ小路に進んで神田川に架かる昌平橋を渡った。

昌平橋を渡り、明神下の通りを行くと下谷であり、不忍池《しのばずのいけ》がある。そして、不忍池の畔に高島藩江戸下屋敷があった。

若い家来は、明神下の通りを下谷に向かった。二人の家来は追った。

「不忍池の畔の下屋敷に行くつもりですかね」

「かもしれねえな」

半次と幸吉は追った。


不忍池の畔に人気はなく、水鳥の鳴き声が響いていた。

若い家来は、不忍池の畔を進んだ。

二人の家来は尾行した。

半次と幸吉は、雑木林の中を追った。

春とは思えない冷たい風が吹き抜け、不忍池の水面に小波が走った。

若い家来は、不意に振り返った。

二人の家来に隠れる暇はなく、激しく狼狽えて立ち竦《すく》んだ。

半次と幸吉は、雑木林に潜んで見守った。

若い家来は、二人の家来の尾行に気が付いていた。

「土田、横塚、俺に何か用か……」

若い家来は、土田と横塚と呼んだ二人の家来に嘲笑を浴びせた。

「西平、お眉の方さまは何処にいる」

土田と横塚は、若い家来を西平と呼んで身構えた。

「さあな……」

「おのれ」

横塚は、西平に猛然と斬り掛かった。

西平は、抜き打ちの一刀を横薙ぎに閃かせた。横塚は、刀を弾かれて前のめりに進んだ。西平は追い縋り、横塚の背に袈裟懸けの一刀を浴びせた。横塚は、絶叫をあげて大きく仰け反り倒れ、土埃を舞いあげた。

剣の腕の差は歴然としていた。

土田は、慌てて刀を抜いて後退りをした。

「土田、萩原さまは誰の指図でお眉の方さまを狙っているのだ」

「し、知らぬ……」

土田は後退りした。

「惚《とぼ》けるな」

西平は土田に迫った。

次の瞬間、土田は身を翻して逃げた。

西平は苦笑し、倒れている横塚を残して不忍池の畔を足早に進んだ。

「どうします」

「俺は西平を追う。幸吉は、横塚を頼む」

「承知……」

半次は西平を追い、幸吉は倒れている横塚に駆け寄った。横塚の背中の傷は浅く、斬られた衝撃に動転して気を失っただけだった。

「掠り傷じゃあねえか……」

幸吉は、呆れて苦笑した。

神田駿河台《するがだい》の武家屋敷街は、西日に甍《いらか》を輝かせていた。

大目付の安藤采女正《うねめのしょう》の屋敷は、神田川沿い太田姫《おおたひめ》稲荷の斜向かいにあった。

「やあ、お待たせ致した」

安藤家用人の手塚左内《てづかさない》が、慌ただしく久蔵の待つ書院に入って来た。

「いえ。手塚さん、突然の訪問、詫びるのはこちらの方です」

久蔵は、かつて或る大名家の若君が辻斬りを働いた時、大目付の安藤采女正と手塚左内と知り合った。以来、久蔵は安藤・手塚主従と交誼《こうぎ》を結んでいた。

「して、秋山さん、御用とは……」

「近江国は高島藩についてお聞きしたい」

久蔵は切り出した。

「ほう。高島藩ですか……」

手塚の眼が微かに光った。

安藤采女正は、大名の監察を役目とする大目付であり、大名家の内情に詳しかった。

「左様。家中に何か変わった事があるならお伺いしたいのだが……」

久蔵は、手塚を見据えた。

「変わった事ですか……」

手塚は眉をひそめた。

「如何にも……」

久蔵は、手塚を見据えたまま頷いた。

「高島藩に秋山さんが乗り出すような事、何かございましたか……」

手塚は、久蔵に探る眼差しを向けた。

「おなごが一人、行方知れずになりましてね」

「それが、高島藩と関わりが……」

「ありそうなんですな」

久蔵は、小さな笑みを浮かべた。

手塚は、釣られたように苦笑した。苦笑は、話す覚悟を決めた証だった。

「秋山さん、高島藩藩主の戸田頼政さまには、奥方さまのお産みになられた姫君が二人、おいでになるだけでしてな。御世継ぎは未だにおられません。何れは姫君に婿を取る手筈だと聞いておりましたが、御側室のお眉の方さまが御懐妊されたのです」

「御側室のお眉の方さまですか……」

高島藩には、世継ぎを巡ってのお家騒動が潜んでいた。

「ええ。それ以来、高島藩の御家中にはいろいろ不穏な出来事がありましてな。我が主たちも成り行きを見守っている処です」

お鈴は、大名家の馬鹿なお家騒動に巻き込まれた。

理不尽な話だ……。

久蔵は、腹立たしさを覚えずにはいられなかった。

三

幸吉は、横塚を茅町《かやちょう》の町医者の許に担ぎ込んだ。

横塚は気を取り戻し、背中の浅手が痛いと息も絶え絶えに呻き、大袈裟に嘆いた。

町医者は、呆れながら手当をしてさっさと帰るように告げた。

横塚は、幸吉に肩を借りて町医者を出た。

「何はともあれ、浅手で良かったですね」

幸吉は、通り掛かりの遊び人を装って横塚を助けた。

「ああ。お陰で助かった」

「どうです。気付けの一杯なんてのは……」

幸吉は誘った。

「酒か。それもいいな……」

横塚は、酒好きらしく背中の傷も忘れて嬉しげに笑った。

「じゃあ……」

幸吉は、横塚を近くの居酒屋に誘った。

不忍池の畔にある高島藩江戸下屋敷は、夕暮れに包まれた。

西平は、潜り戸から下屋敷に入った。

半次は見届けた。

「半次の親分……」

托鉢坊主の雲海坊が、半次の許に駆け寄って来た。

「御苦労さんだな」

「いいえ。で、今の野郎は……」

「高島藩の西平って野郎だ。上屋敷から来たんだが、途中で尾行て来た家中の奴らと斬り合ったぜ」

「斬り合った……」

雲海坊は、少なからず驚いた。

「ああ。同じ高島藩家中の家来がな……」

「そいつは、秋山さまの睨みの通り、やはりお家騒動でしょうね」

「きっとな。で、下屋敷はどんな様子だい」

「普段は留守居の家来たちが五人いるそうですが、今日は他にもいるようです」

「そして、西平か……」

「ええ。集まって何を企んでいるのやら……」

「うん。それで、お鈴ちゃんがいる様子はどうなんだ」

「そいつが、今の処、お鈴さんは勿論、女のいる気配はないんですよ」

雲海坊は眉をひそめた。

「そうか……」

「雲海坊の兄貴、半次の親分……」

しゃぼん玉売りの由松がやって来た。

「おお。どうだった」

「そいつが、下屋敷に出入りしている魚屋や八百屋なんかの行商人に聞いて来たんですがね。下屋敷に女はいなく、飯や料理は板前だった下男の父っつあんが作り、掃除や洗濯も下男や中間《ちゅうげん》がやっているそうですよ」

「じゃあ、お鈴ちゃんと身籠もっている女は、他の処ってわけか……」

半次は落胆を滲ませた。

「きっと……」

由松は頷いた。

「それから親分、兄貴。今日、板前の父っつあん、飯の総菜にする魚や野菜、いつもより多く買ったそうですぜ」

「やはり、上屋敷から来た西平の他にも誰か来ているんだな」

半次は睨んだ。

「ええ。そして、お鈴さんが何処に閉じ込められているのかですね」

雲海坊は思いを巡らせた。

「うん。おそらく下屋敷にいる連中は知っているはずだ」

半次は、青い夕闇に黒い影になった下屋敷を睨み付けた。


居酒屋は雑多な客で賑わっていた。

横塚は、西平に斬られて背中に怪我をしたのも忘れ、酒を飲んで酔った。

幸吉は、苦笑しながら横塚に酒を勧めた。

「それにしても旦那、誰にどうして斬られたんですかい」

幸吉は、横塚の猪口に酒を満たしながら尋ねた。

「そいつが馬鹿な話だ。奉公先にいろいろ揉め事があってな」

横塚は、疲れたように酒をすすった。

「へえ、揉め事ですかい……」

幸吉は、話の先をそれとなく促した。

「ああ。世継ぎがどうしたこうしたとな……」

「お世継ぎですか……」

幸吉は、空になった横塚の猪口に酒を満たした。

「世継ぎが、奥方さまの子でも側室の子でも、俺はどっちでもいい。この世知辛い世の中で僅かな扶持米でも必ず与えられ、それなりに平穏に暮らせれば、俺たち下々の家来はいいんだ。それなのに揉め事を起こし、万一、御公儀に知れるとお家は断絶。俺たちは浪々の身となり、世間に放り出されるだけだ……」

横塚は、哀しげな吐息を深々と洩らした。

幸吉は、下級武士の辛さと本音を垣間見た。

「いかん。今は酒を飲んでいる場合ではないのだ」

横塚は、ようやく己の立場を思い出し、激しく狼狽して立ち上がった。

「旦那……」

幸吉は戸惑った。

「造作を掛けた」

横塚は、居酒屋を出て行った。

幸吉は苦笑し、居酒屋の亭主に金を払って外に出た。

横塚の後ろ姿が、足早に神田川に向かっていた。

築地の高島藩江戸上屋敷に帰る……。

幸吉は、そう睨んで横塚を追った。


月明かりは築地の堀割の流れに揺れていた。

鶴次郎は、築地本願寺の塀の暗がりに潜んで高島藩江戸上屋敷を見張っていた。

高島藩江戸上屋敷は、堀割の水を塀の中に引き込んで船着場を作り、柵門を設けていた。

その柵門が開き、猪牙舟が音もなく堀割に出て来た。

鶴次郎は、闇に眼を凝らして透かし見た。

猪牙舟には誰も乗っておらず、船頭が棹《さお》で操っていた。

お鈴を連れ去った猪牙舟かもしれない……。

鶴次郎の勘が囁いた。

猪牙舟は、堀割を江戸湊に向かった。

追わなければ……。

鶴次郎は焦った。

「鶴次郎……」

伝八の操る猪牙舟が堀割に現れた。

「伝八の親方……」

鶴次郎は驚いた。

「追い掛けるぜ。早く乗りな」

伝八は、堀端に猪牙舟の船縁を寄せた。

鶴次郎は、素早く伝八の猪牙舟の乗った。

「親方……」

「うちの親分に云われて、向こうの暗がりに隠れていたんだ」

「そうですか。助かりました」

「なあに、どうって事はねえ」

伝八は、猪牙舟を巧みに操り、高島藩江戸上屋敷から出て来た猪牙舟を追った。

「船頭、どうやら源吉だな」

伝八は、先を行く猪牙舟を見て苦笑した。

「顔、見えたんですかい……」

鶴次郎は戸惑った。

「いいや。野郎、舟を漕ぐ時、利き足に妙な力が入って、舟が左に傾く癖があってな。間違いねえ」

伝八は胸を叩いた。

「そうですか……」

年季の入った船頭の親方・伝八の眼に狂いはない。

鶴次郎は伝八を信じた。そして、己の勘の正しさに密かに安堵した。

「そこに食い物と酒がある。今の内に腹拵《はらごしら》えをするがいいぜ」

伝八は、船宿『笹舟』と染め抜かれた風呂敷包みを示した。おそらく、弥平次が持たせたものなのだ。

「ありがてえ……」

鶴次郎は、柳橋の弥平次の心遣いに感謝せずにはいられなかった。

源吉の漕ぐ猪牙舟は、江戸湊から佃島《つくだじま》や石川島の傍を抜けて大川に入った。

伝八の猪牙舟は、鶴次郎を乗せて慎重に追跡した。

近江国高島藩は、世継ぎを巡って家中《かちゅう》が二つに別れて対立している。

おそらく対立は、藩の実権を握ろうとする重臣たちが、奥方派と側室派に別れての事だ。

馬鹿な争いだ……。

久蔵は笑った。

しかし、対立と争いが高島藩の中だけですめば良いが、何の関わりもないお鈴を巻き込んだとなると、黙っているわけにはいかない。

久蔵は、猪口の酒を飲んだ。

「貴方、お鈴さん、まだ見つからないのですか……」

香織は、心配げに眉をひそめた。

「ああ。今、半次や鶴次郎、それに幸吉たちが捜している」

「お鈴さん、無事でいると良いのですが……」

「香織、お鈴は産婆として連れ去られたんだ。おそらく危害は加えられまい」

久蔵は、香織を安心させた。

「そうですか、良かった……」

香織は、微かに微笑んだ。

久蔵は、手酌で酒を飲んだ。

無事だと確信出来るのは、身籠もった女が赤子を産み終る時までだ。産んだ女と赤子に異常がない限り、お鈴は産婆としての役目を終える。その後のお鈴が、無事でいられるかどうかは分からない。

久蔵は、そうした事を香織に内緒にした。それは、身重の妻に対する心遣いでもあった。

いずれにしろ、お鈴の救出を急がなくてはならない。

尻に火を付けてやるか……。

久蔵は、不敵な笑みを浮かべた。

夜は静かに更けていく。


大川を行き交う船の明りは少なくなった。

源吉の漕ぐ猪牙舟は、大川を遡って永代橋、新大橋、両国橋を潜った。

鶴次郎を乗せた伝八の猪牙舟は、音もなく波を切って追った。

このまま進めば、橋場か向島……。

鶴次郎は、源吉の猪牙舟の行き先を推し測った。

源吉の猪牙舟は、吾妻橋を潜って大川の東岸である向島に舳先を向けていた。

「こいつは向島だな……」

伝八は鶴次郎に告げた。

「向島……」

「ああ。違いねえ」

源吉の行き先には、お鈴がいるかも知れない……。

源吉の猪牙舟は、伝八の睨み通りに向島に進んだ。

向島の土手の桜並木は、五分咲きの花を月明かりに揺らしていた。

源吉の猪牙舟は、寺島村の渡し場と水神《すいじん》を過ぎ、大川から綾瀬川に入った。

伝八は慎重に追った。

綾瀬川に入ると、関屋の里があり堀切村があった。

源吉の猪牙舟は、堀切村の小さな船着場に船縁を寄せた。そして、源吉は船着場に猪牙舟を繋いで降りた。

鶴次郎は、船着場に近い土手に降りて源吉を追った。

源吉は、近くにある板塀の廻された屋敷に入って行った。

鶴次郎は見届けた。

お鈴は、板塀の廻された屋敷に閉じ込められているのかもしれない……。

鶴次郎は屋敷の様子を窺った。

板塀の廻された屋敷は、月明かりを浴びてひっそりと建っていた。

向島堀切村の屋敷……。

柳橋の弥平次は、伝八から鶴次郎の伝言を聞き、すぐに勇次を助っ人に行かせた。

船頭で手先の勇次は、猪牙舟で堀切村に急いだ。

翌朝、弥平次は不忍池の畔にある高島藩江戸下屋敷に赴き、半次に事の次第を報せた。

「親分、お鈴ちゃんはおそらく堀切のその屋敷だと思います。あっしも行ってみたいのですが……」

半次は意気込んだ。

「よし。ここは雲海坊と由松に任せて行ってみるがいい」

「ありがとうございます」

半次は、弥平次に礼を述べ、雲海坊と由松に後を頼んで向島堀切村に走った。

「いいか。相手は侍だ。問答無用で何をしてくるか分かったもんじゃあねえ。決して無理はするんじゃあねえぞ」

弥平次は、雲海坊と由松に厳しく云い残して秋山屋敷に急いだ。


秋山屋敷は静かな朝を迎えていた。

「ようやく突き止めたようだな……」

久蔵は、安心したように笑った。

「あっしもそう思います」

弥平次は頷いた。

「向島堀切村の屋敷か……」

「はい。どのような屋敷かは、まだ詳しく分かりませんが……」

「なあに、もう鶴次郎と勇次が突き止めているさ」

「きっと……」

「で、これからどうするかだな」

「事を急ぎ、お鈴さんの身に何かあっちゃあいけませんし……」

弥平次は眉を曇らせた。

「うむ。高島藩のお家騒動。これ以上、馬鹿な真似をしねえようにするしかあるまい」

　久蔵は、嘲りを過ぎらせた。


　春の風は堀切村を吹き抜けていた。

　板塀を廻した屋敷は表門を閉じ、出入りする者もいなかった。

　鶴次郎と勇次は、綾瀬川の土手に身を潜めて屋敷を窺っていた。

「鶴次郎、勇次……」

　半次が、身を潜めて駆け寄って来た。

「おう。来たか……」

　半次は、鶴次郎と勇次の傍に潜んだ。

「あの屋敷か……」

　半次は、板塀に囲まれた屋敷を見つめた。

「ああ。五年前、不忍池の畔の料理屋の旦那が、料理屋として建てたそうだが、客が来なくてな。去年、店仕舞いしたそうだ」

　鶴次郎は教えた。

「で、今は誰が住んでいるのだ」

「そいつが良く分からないのですが、出入りの行商人や近所の百姓に聞いた処、偉そうな婆さんと侍たち。それに病人がいるのかもしれないと……」

勇次は告げた。

「病人……」

半次は戸惑った。

「ええ。薬湯《やくとう》の匂いがするそうです」

「おそらく身重の女だろう」

鶴次郎は睨んだ。

「じゃあ、お鈴ちゃんも……」

「ああ。此処に閉じ込められているのに違いねえ」

鶴次郎は屋敷を示した。

「よし。中の様子を出来るだけ調べよう」

「うん……」

鶴次郎と勇次は頷いた。

春風が鮮やかな新緑を揺らした。

八丁堀に架かる中ノ橋を渡ると南八丁堀の町であり、武家屋敷街を抜けて堀割沿いを進むと築地本願寺になり、斜向かいに高島藩江戸上屋敷がある。

久蔵は、高島藩江戸上屋敷の門前に佇んだ。

背後に幸吉が現われた。

久蔵は振り返った。

「御苦労だな……」

久蔵は幸吉を労った。

「いいえ……」

幸吉は、家来の西平と横塚・土田の斬り合いと、その結果を報せた。

「横塚ってのは、馬鹿と云うか、正直な野郎だな……」

久蔵は笑った。

「それで、秋山さまは……」

「うん。どうやらお鈴の居場所も分かったし、高島藩の尻に火を付けてやろうと思ってな」

「じゃあ……」

幸吉は眉をひそめた。

「ああ。俺が尻に火を付けている間、腰掛けで上屋敷内の様子をそれとなく探ってくれ」

「承知しました」

「よし……」

久蔵は、幸吉を従えて高島藩上屋敷に向かった。

四

高島藩江戸上屋敷の書院には、春の日差しが溢れていた。

久蔵は、留守居役の早川庄左衛門《はやかわしようざえもん》が来るのを待った。

「お待たせ致した。拙者、留守居役の早川庄左衛門です」

僅かな刻が過ぎ、早川庄左衛門が現われた。

「南町奉行所与力秋山久蔵です」

「秋山どの。我ら大名家は町奉行所の支配違い。どの様な用件ですかな」

早川は、煩わしそうに眉をひそめた。そこには、町奉行所に対する侮りが滲んでいた。

久蔵は苦笑した。

「仰る通り、大名家は我ら町奉行所の支配違い。世継ぎを巡って家中にどんな争いあろうが、知った事じゃあない。だが、何の関わりもねえ江戸の庶民が巻き込まれ、連れ去られたとなると黙っているわけにはいかねえ」

久蔵は、早川を厳しく見据えた。

「秋山どの……」

早川は、驚き狼狽した。

「何を申されているのか……」

早川は、慌てて狼狽を隠した。

「早川さん、惚けるのなら覚悟を決めて惚けるんだぜ」

久蔵は苦笑した。

早川は言葉を失った。

「俺たち町奉行所は、高島藩の世継ぎが奥方の姫さまの婿であろうが、側室の産むかもしれねえ若さまになろうが、どうだっていいんだ。しかし、江戸市中で家来同士がまた斬り合ったり、連れ去った者の身に万一の事があったら只じゃあ済ませねえ。徹底的に探りあげるまで……」

久蔵は、すでに探索が始まっているのを匂わせた。

早川は、久蔵が高島藩家中の事情を詳しく探っており、すでに誤魔化しようのないのに気付いた。

「そして、江戸八百八町に言い触らし、大目付に届けるだけ……」

久蔵は嘲笑を浮かべた。

江戸で噂になり、大目付の知る処となれば、高島藩は只では済まない。下手をすればお家断絶、上手くして減知だ。

いずれにしろ高島藩の一大事だ。

「あ、秋山どの、脅す気ですか……」

早川は、声を嗄らして震わせた。

「どう思おうがそっちの勝手。いざとなりゃあ、高島藩四万石と直参二百石、差し違えてもいいんだぜ」

久蔵は不敵に云い放った。

「そ、そんな……」

早川は激しく震えた。

「早川さん、高島藩の出方は良く分かった。俺たち南町奉行所は、高島藩に気遣い無用でやらせて貰うぜ。邪魔をしたな」

久蔵は、突き放して立ち上がった。

「秋山どの……」

早川は、町奉行所を侮ったのを悔み、悲鳴のように叫んだ。

久蔵は、構わず書院を出た。


久蔵は、表門脇の腰掛けで待っていた幸吉を従えて高島屋敷を出た。

「如何でした……」

「これで、一刻も早く穏便に片付けようとするだろう」

「そいつは何よりで……」

「幸吉は何か分かったかい」

「はい。中間頭に鼻薬を嗅がせて聞いたのですが、奥方側の江戸家老一派と側室方の留守居役一派が睨み合っているそうですよ」

「じゃあ、お鈴を連れ去ったのは留守居役たちか……」

「きっと……」

久蔵は、激しく震える早川を思い出した。

「早川の野郎……」

久蔵は苦笑した。

「留守居役には黒沢と云う腹心がいましてね、側室のお眉の方さまと一緒に姿を消しているそうです」

「側室のお眉の方と黒沢か……」

「はい」

「よし。幸吉、留守居役の早川庄左衛門から眼を離すんじゃあない」

久蔵は幸吉に命じた。

「承知しました」

幸吉は、緊張した面持ちで頷いた。


向島の桜の花は七分咲きになった。

半次、鶴次郎、勇次は、堀切村の屋敷を探り、見張り続けた。

屋敷には、妊婦とお付きの老女や若い武士がおり、他に源吉たち下男や台所女中たちがいた。だが、お鈴がいるかどうかは、今一つはっきりしなかった。

半次、鶴次郎、勇次は、お鈴がいるのを確かめようとした。

高島藩江戸留守居役早川庄左衛門は、江戸家老小田切監物《おだぎりけんもつ》と向かい合った。

「して、何用かな……」

小田切は、早川に憎しみを含んだ眼差しを向けた。

「南町奉行所の与力秋山久蔵に事の次第が知れた」

「我らは大名家。町奉行所の咎めを受ける筋合いではござらぬ」

小田切はせせら笑った。

「だが、町中で斬り合い、町方の者を巻き込んだ以上、最早そうはいかぬ」

「なに……」

「このままでは、我が藩の内情、公儀の知る処となり、どのようなお咎めが下るか……」

「ならば、一切を水に流して家中の争い、なかったものに致すか……」

「左様。それしかあるまい……」

「しかし早川どの、今まで働いてきた黒沢を始めとした配下が、大人しく刀を納めるかな」

「納得しなければ、此度の騒動の責めを取って貰うまで……」

早川は、狡猾さと残忍さを滲ませた。
頭巾を被った武士が、中間頭に見送られて高島藩江戸上屋敷から出て来た。
幸吉は、堀割越しに見送り、中間頭を見た。
中間頭は、幸吉に笑い掛けた。
頭巾を被った侍は、留守居役の早川庄左衛門……。
幸吉は頷き、早川庄左衛門を追った。
早川は木挽町に出て、日本橋から神田川を渡り、下谷に向かった。
高島藩江戸下屋敷に行く……。
幸吉は、そう睨んで追った。
早川は、睨んだ通り不忍池の畔の高島藩江戸下屋敷に入った。
幸吉は見届けた。
「幸吉の兄貴……」
由松と雲海坊が物陰から現われた。
「何者だい」
雲海坊は、下屋敷に入った早川を示した。

「高島藩留守居役の早川庄左衛門だ」

「留守居役の早川……」

「赤子を産む側室を担ぐ野郎だ」

「って事は、お鈴ちゃんのいる処に行くかもしれねえな」

雲海坊は読んだ。

「よし。由松、この事を親分に報せてくれ」

「合点です。じゃあ、御免なすって……」

由松は、柳橋の船宿『笹舟』に走った。

幸吉と雲海坊は下屋敷を見張った。


お眉の方は痛みを感じた。

お鈴は、老女・萩尾に呼ばれてお眉の方の容態を診た。そして、お眉の方の痛みを陣痛だと判断した。

「陣痛……」

萩尾は眉をひそめた。

「はい」

「しかし、産まれるのはまだ十日も先……」

萩尾は困惑した。

「初産は早くなったり遅くなったり、いろいろです。産まれるのはおそらく今晩。仕度を始めて下さい」

お鈴は萩尾に命じた。

「心得た……」

萩尾は、あたふたと座敷を出て行った。

「お眉さま……」

お鈴は、痛みに顔を歪めるお眉の方に呼び掛けた。

「お鈴さま……」

「さあ、今晩が勝負です。何も心配はいりません。御心安らかに……」

お鈴は、陣痛に耐えるお眉の方を励ました。

不忍池は夕暮れ時に染まった。

高島藩江戸下屋敷から六人の男たちが現われた。

頭巾を被った早川庄左衛門と西平たち五人の家来だった。

「雲海坊……」

「ああ。おそらく向島の堀切だ……」

 雲海坊は、弥平次と由松がやって来るのに備え、『堀切』と書いた紙を木の枝に結んだ。

「行くぜ」

　幸吉と雲海坊は、早川と西平たちを追った。


　堀切村の屋敷は夕闇に覆われた。

　勇次が、屋敷から半次と鶴次郎の許に駆け寄って来た。

「半次の親分、鶴次郎さん……」

「どうした」

「湯を沸かす仕度をしたり、何だか慌ただしくなりましたぜ」

　勇次は眉をひそめた。

「湯を沸かす仕度か……」

「ええ」

「産気づいたかもしれないな」

鶴次郎は睨んだ。

「えっ。産気づいた」

勇次は驚いた。

「よし。詳しく探ってみよう」

半次、鶴次郎、勇次は動き出そうとした。

「ここか……」

塗笠を被った久蔵が現われた。

「秋山さま……」

半次、鶴次郎、勇次は、緊張を過ぎらせた。

「どうかしたのかい……」

久蔵は眉をひそめた。

「実は……」

半次は、お産が始まりそうだと告げた。

「よし。半次、一緒に来な。鶴次郎、勇次、此処を頼むぜ」

「はい」

久蔵は、半次を従えて屋敷に向かった。

半次は、屋敷の中に声を掛けた。

下男の源吉が現われた。

「邪魔するぜ」

久蔵は笑い掛けた。

「あの、どちらさまでしょうか……」

源吉は眉をひそめた。

「知らねえ方が身の為だ。お鈴の処に案内して貰うぜ」

久蔵は、微笑みながら源吉の腕を取ってねじ上げた。源吉は、激痛に顔を歪めた。

「さあ、素直に案内しなきゃあ、腕をへし折るぜ」

源吉は、久蔵に腕をねじ上げられたまま奥に向かった。

半次は続いた。

「秋山さま。半次さん……」

お鈴が、驚いた面持ちで廊下に佇んでいた。

「無事かい、お鈴……」

久蔵は、眉をひそめて尋ねた。

「はい」

「良かった。迎えに来たぜ、お鈴ちゃん」

半次は声を弾ませた。

「半次さん……」

「さあ、帰るぜ」

久蔵は促した。

「秋山さま、半次さん。お眉さまは間もなく赤子をお産みになられます。私は無事に取り上げてあげたいのです。お願いです」

お鈴は、久蔵と半次に頭を下げて頼んだ。

「お鈴ちゃん……」

半次は戸惑った。

「半次さん、御免なさい」

「お鈴、自分の身より子を産む患者か……」

「秋山さま……」

「立派な産婆だぜ」

久蔵は微笑み、お鈴の覚悟を褒めた。

「何者だ……」

黒沢が現われた。

「黒沢さま……」

源吉は、黒沢に助けを求めた。久蔵は、源吉を黒沢に向かって突き飛ばした。

黒沢は、己に向かってくる源吉を躱し、抜き打ちの構えを取った。

「やるのかい……」

久蔵は苦笑した。

「秋山さま……」

鶴次郎と幸吉が庭先に現われた。

「来たか、幸吉」

久蔵は、幸吉を見て早川庄左衛門が来たのを知った。

早川と西平たちが、黒沢の背後に現われた。

「早川さま……」

黒沢は、満面に安堵を浮かべた。

「黒沢。秋山どの……」

早川は、久蔵がいるのに激しく困惑した。

「早川さん、お鈴が無事かどうか確かめに来たぜ」

「早川さま。お眉の方さまの陣痛が始まり、今晩中には……」

次の瞬間、早川は脇差を抜いて黒沢の腹を突き刺した。

「止めろ」

久蔵は、早川に駆け寄り、突き飛ばした。

西平たちは、早川を庇って久蔵と対峙した。

「は、早川さま……」

黒沢は呆然とし、刺された腹を抱えてその場に崩れ落ちた。

「みんな、黒沢を助けろ」

半次、鶴次郎、幸吉が黒沢を庭先に担ぎ出した。お鈴が続いた。

「秋山どの。すべては黒沢が一存で起こした騒動。我ら高島藩は与《あずか》り知らぬ事……」

早川は、すべての責めを黒沢に押し付けようとした。

「黙れ」

久蔵は一喝した。

「手前ら外道の魂胆、どう取り繕おうが、もう隠しようはねえんだぜ」

「おのれ、斬れ。斬り棄てろ」

早川は、西平たちの背後に隠れて叫んだ。

西平たち家来は、久蔵に斬り掛かった。

久蔵は、抜き打ちの一刀を横薙ぎに閃かせた。西平は、腹を斬られて庭先に飛ばされた。

心形刀流の凄まじい一刀だった。

早川と家来たちは、激しく怯えて後退りをした。そして、身を翻して我先に逃げた。


早川と家来たちは逃げた。

鶴次郎、幸吉、雲海坊、弥平次と共に駆け付けて来た由松が追った。

お鈴は、半次と勇次に手伝って貰い、黒沢の手当をしていた。

黒沢は意識を混濁させ、苦しげに呻くだけだった。

「お鈴……」

久蔵は、黒沢の容態を訊いた。

お鈴は、哀しげに首を横に振った。

「秋山さま……」

弥平次がやって来た。

「おお、弥平次。早川たちは……」

「鶴次郎と幸吉たちが追いました」

「そうか……」

「は、早川さま……」

黒沢は、混濁した意識で嗄れ声を洩した。

「黒沢……」

久蔵は呼び掛けた。

「お眉の方さまが若君をお産みになれば、高島藩の御世継ぎ。殿もお喜びになられ、藩は早川さまのものにございますな……」

黒沢は、嬉しげな笑みを浮かべて絶命した。

お鈴は、黒沢の死を見届けて哀しげに手を合わせた。

「おのれ……」

久蔵は、激しい怒りを覚えた。

「お鈴どの、お鈴どの……」

萩尾の慌てた声が甲高く響いた。

お鈴は産室に走った。

半次は追い掛け、勇次が続こうとした。

「勇次……」

「はい」

「きっと赤ん坊が産まれるんだ」

弥平次は、勇次を呼び止めて告げた。

「赤ん坊ですか……」

「ああ……」

「死ぬ奴もいれば、生まれて来る子もいるか」

久蔵は、当たり前の事に何故か戸惑いを覚えた。

飛来した桜の花びらが、混乱して惨めに死んだ黒沢に舞い散った。

やがて、堀切村の夜空に赤ん坊の泣き声が響いた。

早川と家来たちは、高島藩江戸下屋敷に逃げ込んだ。そして、早川庄左衛門は自害して果て、家来たちは姿を消した。

高島藩江戸家老の小田切監物は、騒動の責めは自分にあるとした嘆願書を公儀に差し出して切腹した。

「逃げた家来たちの行き先は突き止めてありますが、どうします」

弥平次は、久蔵の指図を待った。

「大人しくしているなら見逃してやるさ」

「そいつがいいかもしれませんね」

弥平次は頷いた。

久蔵は苦笑した。

お眉の方の産んだ赤子は女だった。

高島藩側室の姫となる赤子に政治的価値はなく、最早利用される事もなく静かに暮らしていくはずだ。

それでいい……。

所詮、姫しか産んでいない奥方が、側室お眉の方の懐妊に怯えた事が始まりだ。奥方は、お眉の方が世継ぎの若君を産むのを恐れた。奥方は恐れを大きく募らせ、高島藩家中にお家騒動を招いた。

馬鹿な話だ……。
久蔵は、黒沢の虚しい死に思いを馳せ、お眉の方と赤子の幸せを願った。
秋山家の庭の桜は満開になった。
香織は大きな腹を抱え、お糸やお鈴、与平お福夫婦とささやかな花見を催した。
桜の花は咲き誇った。
桜の名所の一つである向島の土手は、昼も夜も花見客で賑わった。
咲き誇る桜の花は、淡い花明りとなって向島の夜空に美しく映えた。

第四話

身投げ

一

卯月《うづき》――四月。

桜の花も散り、牡丹や藤が咲く夏の初めの季節になる。

大川の流れは鮮やかな緑色に変わった。

両国橋と吾妻橋の間には、公儀の米蔵である浅草御蔵《あさくさおくら》があり、その傍らに御厩《おんまや》河岸《がし》があった。

夜が明けた。

荷船の船頭が来た時、御厩河岸の船着場には草履が揃えられ、遺書が残されていた。

誰かが身投げをした……。

船頭は自身番に報せた。

自身番の家主は、番人を岡っ引の柳橋の弥平次の許に走らせた。御厩河岸と柳橋は近い。弥平次は、下っ引の幸吉を従えて駆付けた。

自身番の家主と弥平次は、残されていた遺書を検《あらた》めた。

遺書は、日本橋室町にある呉服屋『京屋』の主・吉右衛門《きちえもん》のものだった。

弥平次は、吉右衛門の生死を確かめようと、幸吉を『京屋』に走らせた。そして、大川に船を出して吉右衛門の死体を探した。

吉右衛門の死体は、すでに江戸湊に流されてしまったのか発見は出来なかった。

呉服屋『京屋』の主の吉右衛門は、昨日の夕方に出掛けたまま帰って来てはいなかった。

お内儀と番頭は、御厩河岸に揃えられていた草履を吉右衛門の物だと見定めた。

そして、残された遺書には、騙《かた》り者に騙《だま》されて知り合いに借りた金が返せないのを詫びての身投げだと書き記されていた。

弥平次は、お内儀と番頭に遺書の内容が事実かどうか確かめた。お内儀と番頭は、書かれている事はすべて本当だと頷いた。

その後、新大橋の船着場の橋桁から吉右衛門の羽織が見つかった。

身投げをしたのは、呉服屋『京屋』の主の吉右衛門……。

自身番の家主たちは、京屋吉右衛門が大川に覚悟の身投げをしたと見極めた。

だが、弥平次は何故か素直に頷けなかった。

大川から吹き抜ける風は初夏の匂いがした。

南町奉行所与力秋山久蔵は、船宿『笹舟』の座敷で弥平次と酒を飲んでいた。

「で、弥平次はどうして吉右衛門が身投げしたと思えないのだ」

「どうしてと仰られても困るのですが……」

弥平次は眉をひそめた。

「吉右衛門と思われる土左衛門があがらないからか……」

久蔵は、弥平次に徳利を差し出した。

「畏れ入ります。勿論、そいつもありますが、草履に遺書、それに羽織が、なんだかこれ見よがしに思えましてね」

弥平次は、酒の満たされた己の猪口を置き、久蔵に酌をした。

「成る程な……」

「ま。月番は北の御番所。扱いの同心の旦那が納得されれば、あっしどもの手伝いも終りでして……」

弥平次は、屈託のある面持ちで猪口の酒をすすった。

「うむ……」

久蔵は頷いた。

日本橋の通りは行き交う人で賑わっていた。

呉服屋『京屋』は室町二丁目にあった。

久蔵は、『京屋』の向かい側にある甘味処の軒下に佇み、被っていた塗笠をあげた。

呉服屋『京屋』は、吉右衛門の遺体が見つからない内に弔いを終らせ、暖簾を掲げた。

弔いが終っても、家族は暫く喪に服して店を閉めるのが普通だ。だが、『京屋』は早々に店を開けた。

弥平次は、その辺に引っ掛かっているのかもしれない。

久蔵は、『京屋』の店先を見廻した。

『京屋』には客が出入りし、手代や小僧が忙しく働いている。

不審な処は感じられない……。

久蔵がそう思おうとした時、物陰にいる若い遊び人に気が付いた。

若い遊び人は、明らかに呉服屋『京屋』を窺っている。

久蔵は睨んだ。

やがて、若い遊び人はその場を離れ、日本橋の通りを神田に向かった。

久蔵は、被っていた塗笠を目深に下げて若い遊び人を追った。

神田八ッ小路に出た若い遊び人は、神田川に架かる昌平橋を渡った。そして、神田明神の門前町の盛り場に入った。

久蔵は追った。

盛り場の居酒屋や小料理屋は、店の表を掃除して忙しく開店の仕度をしていた。

若い遊び人は、盛り場の外れにある開店前の居酒屋に入った。

久蔵は見届けた。

若い遊び人の入った居酒屋の腰高障子には、『つる亀』と書き記されていた。

『つる亀』はどのような居酒屋なのか……。

久蔵は、居酒屋『つる亀』がどのような店なのか、それとなく辺りに聞き込みを掛けた。

『つる亀』は、茂平《もへい》と云う老亭主が営んでおり、人足や職人などが常連客だった。

久蔵は知った。

暮六つの鐘が、夕暮れの空に鳴り響いた。

若い遊び人は、居酒屋『つる亀』から出て来る事はなく、小柄な老爺が現れて古びた暖簾を掲げた。

亭主の茂平だ。

久蔵は見定めた。

仕事帰りの職人たちが、茂平に声を掛けて賑やかに『つる亀』に入った。

よし……。

久蔵は、斜向かいの路地を出て居酒屋『つる亀』に向かった。

盛り場には華やかな提灯が揺れ、客が賑やかに行き交い始めていた。


「邪魔をするぜ……」

久蔵は、居酒屋『つる亀』に入った。

「おいでなさいまし」

亭主の茂平は、板場から久蔵を迎えに出て来た。

「酒を貰おうか……」

久蔵は店の隅に座った。

「へい。只今……」

茂平は、久蔵を探るように一瞥して板場に戻った。

店には、酒を飲む職人たちの楽しげな笑い声が満ちていた。

久蔵は、若い遊び人を捜した。だが、店の中に若い遊び人はいなかった。

店の若い衆が、板場から久蔵に酒を持って来た。

「お待たせしました」

久蔵は、飯台に酒を置いた若い衆を見上げた。若い衆は、久蔵が追って来た若い遊び人だった。

「おう……」

久蔵は、浮かび上がった微かな戸惑いを隠し、手酌で酒を飲んだ。

「肴、お勧めはあるかい」

「へい。筍の付け焼き。美味いですよ」

若い衆は勧めた。

「そいつを貰おうか……」

「へい。ありがとうございます」

若い衆は板場に戻った。

久蔵は、手酌で酒を飲んだ。

呉服屋『京屋』を窺っていた若い遊び人は、居酒屋『つる亀』の若い衆だった。

久蔵は、意外な思いに駆られた。

「邪魔するぜ」

腰高障子を乱暴に開け、地廻り風の男が二人の浪人と一緒に入って来た。

「いらっしゃいませ」

板場から出て来た若い衆は、地廻り風の男たちを見て眉をひそめた。

「蓑吉《みのきち》、茂平さんはいるかい」

地廻り風の男は、蓑吉と呼んだ若い衆に笑い掛けた。その笑いには、嘲りと侮りが満ちていた。

「へ、へい。おりますが……」

「切通しの清助が見廻り料を集めに来たと伝えてくれ」

地廻り風の男・清助は、蓑吉を睨み付けた。

「狭い店だ。わざわざ伝えるまではねえ」

板場から茂平が出て来た。

「こりゃあ茂平さん……」

「清助、見廻り料は払わないと、何度も云ったはずだぜ」

茂平は、清助を睨み付けた。

「茂平さん、うちの松五郎親分がそうはいかねえと云っていましてね」

清助は、懐から十手を出した。

浪人の一人が、片隅の棚に置いてあった招き猫を床に落した。

招き猫は派手な音をあげて砕け散った。

職人たちの楽しげな笑い声が止まった。

久蔵は見守った。

「なにしやがる」

蓑吉は、招き猫を落した浪人に摑み掛かった。だが、もう一人の浪人が蓑吉を殴り飛ばした。蓑吉は、傍らの飯台をひっくり返して倒れた。

「蓑吉……」

茂平が、倒れて鼻血を流す蓑吉に駆け寄った。二人の浪人は、飯台を蹴飛ばし、徳利や鉢を割った。

職人たちは怯え、店の隅に身を寄せた。

浪人たちは暴れた。

「止めろ。止めさせてくれ」

茂平は、清助に縋り付いた。

「茂平。止めて欲しけりゃあ、さっさと見廻り料を払うんだよ」

清助は、茂平の顔に十手を突き付けた。

次の瞬間、清助は床に激しく叩き付けられた。

清助は苦しく呻き、二人の浪人は身構えた。

久蔵が苦笑を浮かべていた。

「仕事を終え、ささやかに楽しんでいる酒の邪魔しやがって……」

久蔵は、清助と二人の浪人を見据えた。

「黙れ」

浪人は、刀を抜こうとした。だが、久蔵は素早く身を寄せ、竹の箸を浪人の刀の柄を握る手の甲に打ち込んだ。浪人は手の甲から血を流し、悲鳴をあげて転がるように店の外に逃れた。

「おのれ……」

残る浪人が、刀を抜いて久蔵に斬り付けた。

久蔵は、僅かに身を反らせて躱し、刀を持つ腕を抱え込んで鋭く捻りあげた。

腕の骨の折れる音が鈍く鳴った。

浪人は、顔色を一瞬にして蒼白に変え、激痛に気を失って倒れた。

「手前、十手持ちかい……」

久蔵は、呆然としている清助に笑い掛けた。

「へ、へい……」

清助は、恐怖に震えた。

「十手は預かるぜ」

「そ、それは……」

清助は狼狽え、抗おうとした。

「煩せえ」

久蔵は、清助の頬を張り飛ばして十手を取り上げた。

「さっさと、この野郎を連れて行くんだな」

「へい……」

清助は、腕をへし折られて昏倒した浪人を担いで店から出て行った。

『つる亀』の店内に安堵の雰囲気が漂った。

「旦那……」

茂平は、久蔵に感謝の眼差しを向けた。

「余計な真似をして、尚更恨みを買っちまったなら、勘弁してくれ」

「いいえ。飛んでもねえ。なあ、蓑吉……」

「へい。いいざまですよ」

蓑吉は、鼻血に汚れた顔で笑った。

「あの清助って下っ引、誰の身内なんだい」

「はい。切通しの松五郎って岡っ引の身内でしてね」

「切通しの松五郎、界隈の店から見廻り料を取っているのか……」

「ええ。岡っ引とは名ばかりでしてね。見廻り料どころか、強請たかりに騙りの片棒まで担いでいる悪党ですよ」

茂平は吐き棄てた。

「強請たかりに騙りか、許せねえ野郎だな」

岡っ引は、裏渡世や悪党に何らかの関わりのある者が多い。

蛇の道は蛇。毒を以て毒を制すの例えのように、町奉行所の与力同心は裏渡世に詳しい者を岡っ引にする事があった。切通しの松五郎は、おそらくそうした岡っ引なのだ。

久蔵は睨んだ。

「旦那、あっしは茂平。こいつは蓑吉ってんですが、お名前を教えちゃあ戴けませんか」

「俺か、俺は秋山久蔵って御家人だ」

久蔵は、偽名を使わず誤魔化さず、敢えて本名を名乗った。

「そうですか、秋山久蔵さまですか。本当にありがとうございました。蓑吉、口直しの酒だぜ」

「へい……」

蓑吉は、酒の仕度をした。

茂平と蓑吉は、〝秋山久蔵〟の名を知らなかった。知らないと云う事は、罪科に関わりがある暮らしをしていない証でもある。

「さあ、みんなも騒がしてすまなかったな。詫びの印の奢りだ。やってくれ」

茂平は、職人たちにも酒を振る舞った。

「さあ、秋山さま、ゆっくりやって下さい」

「そうか、すまぬな……」

久蔵は、茂平に注がれた酒を飲んだ。

場末の居酒屋『つる亀』の夜は、和やかに更けていった。

久蔵は、南町奉行所の小者を柳橋の弥平次の許に走らせた。

半時が過ぎた頃、弥平次が下っ引の幸吉を従えて南町奉行所にやって来た。

「わざわざ来て貰ってすまねえな」

「いえ。何か……」

弥平次と幸吉は、緊張を滲ませた。

「実はな……」

久蔵は、昨日の帰りに日本橋の呉服屋『京屋』を訪れ、店を窺っていた蓑吉を尾行して居酒屋『つる亀』に行き、そこでの出来事を話して聞かせた。

「秋山さま、京屋の吉右衛門旦那の身投げとつる亀の蓑吉や茂平と関わりがあると……」

弥平次は読んだ。

「ああ。どうもそんな気がしてならねえ」

久蔵は頷いた。

「それに、切通しの松五郎ですか……」

弥平次は、腹立たしさを滲ませた。

「ああ。松五郎、知っているか……」

「はい。北町の旦那に手札を貰っている岡っ引で、元は香具師《やし》でしてね。余り評判の良い野郎じゃありません」

「噂では、強請たかりに騙りの片棒を担いでいるって話だ」

「騙りの片棒ですか……」

弥平次は眉をひそめた。

「まさか、京屋の旦那を身投げに追い込んだ騙りに関わりが……」

幸吉は身を乗り出した。

「ひょっとしたらな。そこでだ弥平次……」

「つる亀の茂平と蓑吉ですか……」

「ああ。それに切通しの松五郎の野郎を見張ってくれねえか。尤もつる亀の茂平と蓑吉には俺も関わるがな」

「承知しました。幸吉、笹舟に戻って手配りをしてくれ」

「はい。つる亀には雲海坊。松五郎はあっしと由松が……」

「いいだろう」

弥平次は頷いた。

幸吉は、久蔵に挨拶をして船宿『笹舟』に急いだ。

「それにしても秋山さま。京屋の吉右衛門旦那の身投げに何か……」

「弥平次と一緒だよ」

久蔵は苦笑した。

「と仰いますと……」

「吉右衛門の死体が見つからない内に弔いをすませ、喪が明けない内に店を開けたのが気になってな」

「急ぎすぎですか……」

「ああ。弥平次、吉右衛門の身投げ、何か裏があるのかもしれねえ」

久蔵の眼が鋭く輝いた。

「はい……」

弥平次は、小さな笑みを浮かべた。

「京屋の主の吉右衛門は、騙りに遭って知り合いに借りた金を返せなくなったのを苦にして身を投げた……」

「はい」

「その辺の事情、詳しく調べてみるんだな」

「心得ました」

弥平次は、久蔵と仔細に打ち合わせをして南町奉行所を後にした。

久蔵は、お仕置裁許帳を参考にし、月番の時に扱った事件の下手人への仕置を考えた。

二

湯島天神は神田明神と近い。

幸吉としゃぼん玉売りの由松は、参拝客で賑わっている湯島天神の境内を抜け、女坂を下りて切通町に入った。

その切通町の外れにある仕舞屋が、岡っ引の松五郎の家だった。

幸吉と由松は、松五郎の家の周囲に聞き込みを掛けた。

仕舞屋の母屋には、松五郎が若い妾や飯炊き婆さんと暮らし、裏の納屋には下っ引の清助が寝起きしていた。

松五郎たちの評判は決して良くなく、隣近所の鼻摘み者だった。

「どうします」

由松は眉をひそめた。

「松五郎の親しい者にどんな奴がいるかだ。暫く見張ってみるさ」

「じゃあ、見張り場所を探しますか」

「ああ……」

幸吉と由松は、見張りに都合の良い場所を探した。


神田明神門前町の居酒屋『つる亀』の表は綺麗に掃き清められていた。

老亭主の茂平は板場で仕込みをし、若い衆の蓑吉は店内の掃除に忙しかった。

開け放たれた腰高障子の外から経が聞こえた。

蓑吉は戸口を見た。

托鉢坊主の雲海坊が、日に焼けた饅頭笠を被って経を読んでいた。

「こりゃあ、御苦労さんです」

蓑吉は、一文銭を雲海坊の頭陀袋《ずだぶくろ》に入れて手を合わせ、店内の掃除に戻った。

雲海坊は、茂平と蓑吉の顔を見定め、経を読む声を張り上げた。

四半時が過ぎた。

仕込みを終えた茂平は、後を蓑吉に頼んで居酒屋『つる亀』から出掛けた。

雲海坊が物陰から現れ、足早に行く茂平の後を追った。


神田明神門前町を出た茂平は、明神下の通りに出て下谷に向かった。

雲海坊は尾行した。

茂平は、湯島天神裏門坂通に出て下谷広小路に進んだ。

足取りに迷いはない……。

それは行き先が決まっている証だ。

茂平は何処に行く……。

雲海坊は、茂平を慎重に追った。

下谷広小路は、上野寛永寺の参拝客や不忍池に来た人で賑わっていた。

茂平は、下谷広小路を抜けて山下から車坂町に進み、入谷にはいった。そして、鬼子母神で名高い真源院の裏に廻った。そこに古い長屋があった。

茂平は、古い長屋の木戸の前に佇んで背後を警戒した。

雲海坊は、素早く物陰に隠れた。

茂平は、背後に不審がないと見定め、古い長屋の木戸を潜った。
雲海坊は、薄汚れた衣を翻して木戸に駆け寄った。
茂平は、古い長屋の奥の家の腰高障子を叩いていた。
雲海坊は、木戸の陰から見守った。
茂平は、腰高障子を叩き、開けようとした。だが、開く事はなかった。
中年のおかみさんが、隣の家から煩さそうに眉をひそめて顔を出した。
「お隣さん、朝から出掛けていますよ」
中年のおかみさんは告げた。
「えっ……」
茂平は、微かな戸惑いを過ぎらせた。
「出掛けているんですよ」
中年のおかみさんは、無愛想に云い棄てて腰高障子を閉めた。
茂平は小さな吐息を洩らし、奥の家を未練げに一瞥した。
帰る……。
雲海坊は、木戸から素早く離れた。
茂平は、古い長屋の木戸を出て鬼子母神に向かった。

帰るのか、それとも別の処に行くのか……。

雲海坊は、茂平を追うかどうか迷った。

奥の家には誰が住んでいるのだ……。

雲海坊は気になっていた。

先ずは、茂平の行き先を見届ける……。

雲海坊は茂平を追った。


岡っ引の松五郎の家は静かだった。

幸吉と由松は、斜向かいの筆職人の家の二階を借りて見張っていた。

年老いた筆職人は、松五郎を激しく嫌っており、幸吉たちの頼みをすぐに聞いてくれた。

幸吉と由松は、二階の部屋の窓から松五郎の家を見張った。

「兄貴……」

窓辺にいた由松が幸吉を呼んだ。

「どうした」

幸吉が窓辺に寄った。

「妙な野郎が……」

由松は、松五郎の家の前にいる男を示した。

男は、頬被りに菅笠を被った百姓であり、松五郎の家の様子を窺っていた。

幸吉は眉をひそめた。

男は、身体つきや動きから見て初老と思えた。

「何者ですかね……」

由松は、百姓男を見つめた。

次の瞬間、男は急に物陰に隠れた。

下っ引の清助が、肥った松五郎と一緒に家から出て来た。

「兄貴……」

「追うぞ」

幸吉と由松は、筆職人の家の二階から駆け降りた。

岡っ引の松五郎は、下っ引の清助を従えて切通しを本郷の通りに向かった。

菅笠を被った百姓は、松五郎と清助を尾行し始めた。

幸吉と由松は追った。

松五郎と清助は、本郷四丁目に出て通りを北に向かった。本郷の通りは、湯島から駒込を抜けて中山道の宿場である板橋に続く道だ。

松五郎と清助は、本郷の通りを駒込《こまごめ》に進んでいた。

百姓の尾行する足取りは、落ち着きがなく不慣れの様子を露わにしていた。

「ありゃあ素人ですね」

由松は、松五郎を追う百姓を見つめた。

「ああ……」

素人の百姓が、岡っ引の松五郎と清助を尾行している。

何故だ……。

幸吉は、百姓が松五郎たちを尾行る理由が気になった。

松五郎は清助を従え、本郷五丁目にある太物店《ふともの》『川越屋』に入った。太物とは、綿や麻などの織物を云った。

百姓は、『川越屋』の前の路地に隠れて見守った。

幸吉と由松は物陰に潜んだ。

「太物店の川越屋か……」

「ええ。松五郎とどんな関わりがある店なんですかね」

「よし。ちょいと自身番に聞いてくるぜ」

幸吉は、由松を残して自身番に走った。

百姓は、路地から太物店の『川越屋』を見つめていた。


入谷鬼子母神の境内は、午後の日差しと遊ぶ子供の楽しげな声に溢れていた。

茂平は岩に腰掛け、遊び廻る子供に眼を細めながら煙草を吸っていた。

古い長屋の奥の家の住人が戻るのを待っている……。

雲海坊はそう見た。

今の内だ……。

雲海坊は、薄汚い衣を翻して古い長屋に走った。

古い長屋の奥の家の住人は、まだ帰って来てはいなかった。

雲海坊は、隣の家の腰高障子を叩いた。

「だれだい……」

中年のおかみさんが、煩さそうに眉をひそめた顔を出した。

「ちょいと、お尋ねしたい事がありましてね」

雲海坊は、親しげに笑い掛けながら中年のおかみさんに小粒を素早く握らせた。

「えっ。なんだいお坊さん……」

中年のおかみさんは戸惑った。

「奥の家、どんな人が住んでいるのかな」

「ご、五十過ぎの男の人が一人で暮らしていますよ」

中年のおかみさんは、小粒を握り締めた。

「五十過ぎの男か。名前、分かるかな」

「確か吉造とか云ったと思うけど……」

中年のおかみさんは首を捻った。

「吉造ねえ。それで、いつから暮らしているのかな」

「七日ほど前かな……」

「七日前……」

つい最近の事だ……。

雲海坊は戸惑った。

吉造と云う名の五十過ぎの男は、七日前から鬼子母神裏の古い長屋で暮らし始めた。

茂平とはどのような関わりなのだ……。

雲海坊は、中年のおかみさんに礼を云って鬼子母神の境内に戻った。

茂平は、煙草を吸いながら楽しげに遊ぶ子供を眺めていた。

雲海坊は茂平を見守った。

木洩れ日が煌めいた。


太物店『川越屋』は、本店が川越にある出店であり、番頭が必要に応じて人を雇い、取り仕切っていた。

「その番頭さん、何て名前か分かりますかい」

幸吉は、本郷五丁目の自身番の店番に尋ねた。

「喜多八さんですよ」

「喜多八さんねえ……」

岡っ引の松五郎は、おそらく番頭の喜多八に逢いに太物店『川越屋』に来た。

「どんな人ですかね」

「物静かで愛想の良い人ですよ」

店番は、迷いも躊躇いもなく答えた。

幸吉は戸惑った。

評判が良過ぎる……。

幸吉は、松五郎の知り合いの喜多八が、物静かで愛想が良い男とは思っていなかった。

意外だ……。

幸吉は、己の睨みの違いに困惑した。

古い長屋の奥の家に住む吉造は、戻って来なかった。

茂平は諦め、心配げな面持ちで奥の家を一瞥し、来た道を戻った。

居酒屋『つる亀』に戻る……。

雲海坊は、そう見定めて茂平を追った。

日本橋室町の呉服屋『京屋』の暖簾は初夏の風に揺れていた。

弥平次は、仏壇に手を合わせた。

仏壇には先代たちの位牌の他に、吉右衛門の真新しい位牌が祀られていた。

弥平次は、微かな違和感を覚えた。しかし、その違和感が何かは、具体的に分からなかった。

「あの……」

吉右衛門のお内儀のおたえは、遠慮がちに声を掛けた。

「ちょいと表を通り掛かりましてね。線香の一本もあげさせて貰おうと寄ったわけでしてね……」

弥平次は、笑みを浮かべておたえに向き直った。

「ありがとうございます」

おたえは、戸惑った面持ちで頭を下げた。

「お内儀さん、吉右衛門さんが酷い目に遭った騙りってのは、どんなものだったんですか」

「親分さん。今更、そんな事を聞いてどうするんですか……」

お内儀は、微かな怒りを過ぎらせた。

弥平次は戸惑った。

「主は、傷物の絹織物を摑まされ、大金を騙し取られました。ですから、すぐにお上に訴え出たんです。でも、お役人さまは傷物でも品物は受け取っているのだからと、相手にしてくれなかったんですよ」

お内儀は、怒りと口惜しさに震えた。

「相手にしてくれなかった……」

弥平次は眉をひそめた。

「ええ。松五郎親分などは、絹織物が安く手に入ると欲を出したのが悪いと笑いましてね。満足に調べてもくれなかった。吉右衛門は、借りたお金も返せなくなり、申し訳ないと嘆いて大川に……。もういいんです。親分さんもどうぞお忘れ下さい」

お内儀は、厳しい眼差しで弥平次を静かに拒絶した。

弥平次は、番頭に見送られて呉服屋『京屋』を出た。

「お邪魔をしましたね」

「いいえ。わざわざありがとうございました」

番頭は、微かな怯えを滲ませて弥平次に頭を下げた。

弥平次は、微かな違和感を覚えた。違和感は、吉右衛門の真新しい位牌に手を合わせた時に続き、二度目だった。

「やあ、番頭さん……」

でっぷりと肥った大店の旦那が、手代を従えてやって来た。

「これは、福之屋の旦那さま……」

「ちょいと通り掛かってね。吉右衛門さんに線香をあげさせて貰いますよ」

「はい。どうぞ……」

番頭は、『福之屋』の旦那を案内して行った。

弥平次は見送った。

「親分……」

船頭の勇次が、弥平次に駆け寄って来た。

「京屋に妙な動きはありませんでした」

勇次は、弥平次が訪れてから『京屋』がどう動くか見守っていた。だが、番頭たち奉公人に不審な処はなかった。

「そうか……」

弥平次に微かな違和感だけが残った。


神田明神門前町の盛り場は、夜の賑わいに備えて仕度に忙しかった。

茂平は、居酒屋『つる亀』に戻った。

雲海坊は、『つる亀』の腰高障子の前に経を読むかのように佇み、店内を窺った。

「じゃあ、旦那はいなかったんですかい」

　蓑吉の驚きが聞こえた。

「ああ。焦って危ない真似をしちゃあならないと、云ってあるんだがな……」

　茂平の不安げな声がした。

　雲海坊は、辛うじて聞き止めた。

「雲海坊……」

　塗笠を被った着流しの侍が、雲海坊に囁きながら背後を通り過ぎた。

　秋山さま……。

　雲海坊は、侍が久蔵だと気付いて追った。


　久蔵は、雲海坊の報告を聞いた。

「入谷鬼子母神裏の吉造か……」

「はい。それで、茂平と蓑吉は、吉造を旦那と呼んでいるようでして……」

　雲海坊は眉をひそめた。

「旦那だと……」

　久蔵の眼が鋭い輝きを放った。

三

本郷五丁目の太物店『川越屋』に客は少なく、偶《たま》に訪れてもすぐに出て来ていた。

余り繁盛をしている様子はない……。

幸吉と由松は、『川越屋』をそう見た。

「喜多八って番頭、余りやる気がないんじゃありませんかね」

「ああ……」

番頭の喜多八が、質《たち》の悪い岡っ引の松五郎と親しい仲なら真っ当な奴ではない。

物静かで愛想が良いのは、世間を欺く上辺だけなのだ……。

幸吉は睨んだ。

菅笠を被った百姓は、『川越屋』の前の路地に潜んで松五郎と清助が出て来るのを待っていた。

「何をしようってんですかね」

由松は眉をひそめた。

「うん……」

幸吉は、路地に潜む百姓を見守った。

四半時が過ぎた時、松五郎と清助が番頭の喜多八に見送られて『川越屋』から出て来た。

「やっと出て来ましたぜ」

「ああ……」

幸吉は、百姓の様子を窺った。

百姓は、番頭の喜多八を睨み付けていた。

幸吉は見届けた。

松五郎は、清助を従えて本郷の通りを湯島に戻って行った。

番頭の喜多八は、松五郎と清助を見送って『川越屋』に戻った。

「由松、松五郎を頼む……」

「えっ……」

由松は戸惑った。

「俺はあの百姓を見張る」

幸吉は、路地から『川越屋』を睨んでいる百姓を示した。

百姓は、松五郎たちより喜多八に用があるようだ。

「承知。じゃあ……」

由松は、松五郎と清助を追った。

幸吉は、路地に潜む百姓を見守った。

夕陽は本郷の町を赤く染め始めた。


居酒屋『つる亀』は、常連客で賑わっていた。

「邪魔するぜ」

久蔵は暖簾を潜った。

「こりゃあ旦那。いらっしゃいませ。こちらにどうぞ」

蓑吉は、久蔵を小部屋に案内した。

「昨夜の楽しい酒が忘れられなくてな」

「それはそれは。お酒、すぐにお持ちします」

「ああ。肴は茂平の父っつあんに任せるぜ」

「承知しました」

蓑吉は、板場に入って行った。

「旦那、昨夜はどうも……」

客の職人が、徳利と新しい猪口を持って久蔵の許に来た。

「おお、今夜も来ていたのか」

「へい。ま、お一つどうぞ……」

職人は、昨夜の騒ぎの時、『つる亀』にいた客だった。

「すまぬな」

久蔵は、新しい猪口を取って徳利の酒を受けた。

「いただくぜ」

久蔵は、猪口に満たされた酒を飲み干した。

「美味いな……」

久蔵は、職人に微笑んだ。

「へい……」

職人は、嬉しげに頷いた。

「善六、旦那のお邪魔をしちゃあならねえぜ」

茂平が、徳利と筍の木の芽和えなどを持って来た。

「じゃあ旦那……」

「おう」

職人は、仲間の待つ席に戻って行った。

「父っつあん、今夜も来たぜ」

「へい。いつでもどうぞ」

茂平は徳利を手にし、久蔵の猪口に酒を満たした。久蔵は、美味そうに酒を飲んだ。

茂平は、何か言いたげに佇んだ。

「どうかしたかい……」

久蔵は、手酌で酒を飲みながら佇む茂平を見上げた。

「秋山の旦那……」

茂平は、苦しげに眉をひそめた。

「父っつあん。まあ、座れ」

久蔵は勧めた。

「へい。じゃあ、ちょいと御無礼して……」

茂平は、小部屋の框に腰掛けて久蔵に酌をした。

「どうした……」

「旦那。お役目は……」

茂平は、久蔵に探る眼を向けた。

「こうして毎晩、飲み歩いているんだ。大した役目じゃあねえ」

久蔵は苦笑した。

「じゃあ、お暇なんで……」

「まあな。で、なんだい」

「実は、あっしの恩人を陰ながら護ってやっちゃあくれませんか」

「恩人を陰ながら護る……」

久蔵は眉をひそめた。

「へい。お礼はそれなりに致します。お願い出来ないでしょうか……」

「父っつあんの恩人、命を狙われているのか」

「いいえ……」

茂平は言葉を濁した。

「じゃあなんだ」

久蔵は戸惑った。

「旦那、あっしの恩人、騙りに遭って大金を騙し取られましてね……」

茂平は、呉服屋『京屋』吉右衛門の事を云っている。

久蔵は気付いた。

「それで、騙り者と一味の者どもを一人で捜し廻っているんです」

茂平の話では、吉右衛門は騙り者たちを捜しているのだ。

「ですが、そいつが見つかると、叩き殺されるのが落ちでしてね……」

大川に身投げをしたはずの吉右衛門は生きている……。

久蔵は、入谷鬼子母神裏の古い長屋に暮らす吉造が何者か気が付いた。

面白い……。

「父っつあんの恩人を護る仕事、引受けるぜ」

久蔵は、猪口の酒を飲み干した。

「ありがてえ。よろしくお願いします」

茂平は、久蔵に深々と頭を下げた。

「ああ。で、俺はどうしたらいいんだ……」

久蔵は、手酌で猪口に酒を満たした。

湯島天神門前町の盛り場は、酔客の笑い声と酌婦の嬌声で賑わっていた。

岡っ引の松五郎は、下っ引の清助を従えて盛り場の外れに向かっていた。

由松は慎重に追った。

「馬鹿野郎」

行く手から女の怒声があがり、行き交う酔客たちが足を止めた。

松五郎と清助は、酔客の後ろから声のした方を覗いた。

行く手にある飲み屋から、髭面の浪人たちと厚化粧の酌婦が、羽織を着た若旦那風の男を引き摺り出して来た。

「返せ。私の財布を返してくれ」

若旦那風の男は、厚化粧の酌婦に縋った。

「何云ってんだい。さんざん遊んだ癖に。私の線香代は高いんだよ」

厚化粧の酌婦はせせら笑った。

「往生際が悪いぜ。若旦那……」

髭面の浪人が、若旦那風の男を蹴飛ばした。

若旦那風の男は、悲鳴をあげて無様に転がった。

浪人たちが、転がった若旦那風の男を取り囲み蹴飛ばした。

由松は距離を詰め、酔客に紛れて松五郎と清助を窺った。

松五郎と清助は、殴られ蹴られる若旦那を薄笑いを浮かべて見ていた。

若旦那風の男は、血と涙と土に塗れて助けを求めた。だが、浪人たちに容赦はなかった。

「そのぐらいにしてやりな」

松五郎が進み出た。

「おう。親分か……」

髭面の浪人は笑い、浪人たちは手を引いた。

「清助……」

「へい。さあ、若旦那。さっさと帰って小便でもして寝るんですね」

清助は、若旦那風の男を助け起こした。

「見世物じゃあねえんだ。退け」

清助は、見守っていた酔客を威嚇した。酔客は散った。由松は、素早く物陰に潜んだ。

清助は、若旦那風の男を連れ去った。

「処で近藤さん。手の甲を箸で刺された加島さんと腕をへし折られた勝崎さん、具合はどうですかい」

「まったく口ほどにもねえ奴らだぜ……」

松五郎と髭面の浪人たちは、場末の飲み屋に入って行った。

由松は見届けた。


本郷の太物店『川越屋』は、大戸を降ろして店仕舞いをした。

幸吉は、『川越屋』と見張る菅笠を被った百姓を見守っていた。

『川越屋』の大戸から洩れていた明かりが消えた。

眠るのには早過ぎる。番頭の喜多八が出掛ける……。

幸吉は睨んだ。

『川越屋』の裏手から喜多八が現われた。

喜多八は、鋭い眼差しで辺りを見廻して本郷の通りを横切り、切通しに向かった。

百姓は追った。

幸吉は、暗がり伝いに追った。

喜多八は玄人……。

幸吉は、喜多八が只の商人ではないのを知った。

百姓の尾行は露見する……。
幸吉は焦りを覚えた。
喜多八は切通しに入る寸前、不意に振り返った。百姓は、慌てて立ち止まった。
幸吉は、咄嗟に暗がりに潜んだ。
「誰だ……」
喜多八は、立ち尽くす百姓に対して押し殺した声で誰何した。
百姓は後退りし、身を翻して逃げた。
喜多八は追わず、その場に佇んで逃げて行く百姓を見送り、油断なく辺りを見廻した。
幸吉は、息を詰めて身を潜め続けた。
喜多八が見ている限り、百姓を追うわけにはいかない。
幸吉は、百姓の正体を突き止めるのを諦め、喜多八を追う事に決めた。
喜多八は、尾行者がいないと見定めて切通しを足早に進んだ。
幸吉は吐息を洩らし、慎重に喜多八を追った。
喜多八は、切通しを足早に抜けて下谷広小路に出た。

下谷広小路は暗く人気はなかった。

喜多八は下谷広小路を抜け、山下から新寺町の通りを浅草に急いだ。

浅草の何処に行く……。

幸吉は追った。

浅草広小路に出た喜多八は、東仲町の裏通りに入った。そして、長く続く板塀の裏木戸の前に佇み、辺りを窺った。そして、変わった事のないのを確かめ、裏木戸を小さく叩いた。裏木戸が僅かに開いた。喜多八は素早く身を入れた。同時に裏木戸は閉められた。

幸吉は、暗がり伝いに裏木戸に忍び寄った。

長い板塀に囲まれた家は、おそらく浅草広小路に面した大店だ。しかし、裏木戸にその名は書き記されていなかった。

幸吉は、浅草広小路に廻って該当する大店を探した。そして、該当する大店を見つけた。

大店は呉服屋『福之屋』だった。

喜多八は、呉服屋『福之屋』に入った……。

幸吉は見届けた。

大川に屋形船の明りが映え、三味線や太鼓の音色が流れる季節が近づいた。

柳橋の船宿『笹舟』にも、夜の船遊びの客が訪れていた。

弥平次は、久蔵の猪口に酒を満たした。

「秋山さまは、茂平の恩人が身投げした京屋の吉右衛門だと……」

「ああ。弥平次、吉右衛門は御厩河岸から身投げをした狂言を打ったんだぜ」

久蔵は、猪口の酒を飲み干した。

「やはりそうですか……」

弥平次は、猪口を手にして頷いた。

「何か気付いていた事があったのか……」

「はい。吉右衛門さんの位牌に線香をあげようと、京屋に寄ったんですが、仏壇の前が妙に白々しく感じましてね」

「弔われたばかりの仏が祀られているにしては、灯明や線香の痕が少ないか……」

「はい。それにお内儀さんが、哀しんでいる様子も余り感じられなく、番頭さんは何か怯えているような。それで、ひょっとしたらと思っていました」

弥平次は、呉服屋『京屋』で感じた違和感を思い出した。

「流石は柳橋の弥平次だな……」

久蔵は、弥平次の睨みに感心した。

「それで秋山さま。その茂平の恩人、何をしようとしているんですかね」

「何か分からぬが、下手をすれば命を落すかもしれねえ事だろうな」

「命を……」

「だから、陰ながら護ってやってくれとな」

「茂平の恩人が吉右衛門さんなら、身投げの狂言はどうしてですかね」

「おそらく、自分に騙りを仕掛け、大金を奪った野郎どもを突き止めようとしている。だが、死んだ真似をしなければ、騙りの一味に知れて潰されてしまう。そいつを恐れての狂言じゃあねえのかな」

久蔵は睨んだ。

「成る程……」

弥平次は頷いた。

襖の向こうに足音がした。

「親分、幸吉です」

「入りな」

「御免なすって……」

襖を開けて幸吉が入って来た。

「これは秋山さま……」

幸吉は、久蔵に挨拶をした。

「松五郎がどうかしたかい」

幸吉は、松五郎を見張っていたはずだ。

弥平次は尋ねた。

「はい。切通しの松五郎の家を見張っていたら、初老の百姓がやってきましてね。そいつが出掛けた松五郎を尾行始めたのです……」

幸吉は、松五郎が本郷の太物店の『川越屋』に行って番頭の喜多八に逢ったのを告げた。

「川越屋の番頭の喜多八か……」

「それで、初老の百姓はどうした」

幸吉は、夜になって喜多八が出掛け、初老の百姓が追った顚末を告げた。そして、喜多八が浅草広小路にある呉服屋『福之屋』に行ったのを告げた。

「初老の百姓、京屋の吉右衛門だな……」

久蔵は睨んだ。

「はい。そして騙りには、喜多八と松五郎も嚙んでいますか……」

「ああ。きっとな……」

久蔵は、厳しい面持ちで頷いた。

夜の大川に櫓の軋みが甲高く響いた。

四

入谷鬼子母神裏の古長屋は、朝の忙しさも過ぎて静けさに覆われていた。

久蔵は塗笠を被り、蓑吉と共に古長屋の木戸に潜んだ。

吉造はまだ寝ているのか、奥の家の腰高障子の開く気配はなかった。

「茂平の恩人か……」

「へい」

蓑吉は頷いた。

「どんな恩人か知っているか……」

「何でも若い頃、いかさま博奕がばれて簀巻《すま》きにされた時、助けてくれたのが吉右衛門旦那だったそうですよ」

「それで、恩人か……」

「ええ。茂平の親父さん、ああ見えても若い頃は結構な遊び人で、随分無茶をしたらしいですよ」

蓑吉は笑った。

何処かから下手な経が聞こえた。

雲海坊が来ている……。

久蔵は、周囲に雲海坊の姿を探した。だが、雲海坊の姿は見えず、経だけが聞こえた。

「下手糞なお経ですね」

蓑吉は呆れた。

久蔵は苦笑した。

半時が過ぎた。

百姓姿の吉造こと京屋吉右衛門が、奥の家から出て来た。

久蔵と蓑吉は、木戸に身を潜めた。

百姓姿の吉右衛門は、足早に木戸を潜って古長屋を出た。

久蔵は、蓑吉を従えて吉右衛門を追った。

吉右衛門は、入谷を出て下谷広小路を抜けて切通しを本郷に急いだ。


浅草広小路の呉服屋『福之屋』は、それほど繁盛していなかった。

幸吉は、浅草広小路の木戸番屋を訪れた。

「福之屋さんですかい……」

木戸番の万助は眉をひそめた。

「ええ。旦那はどんな人ですか……」

「旦那は富次郎さんと仰いまして、福之屋の三代目でしてね。根っからの遊び人と云うか、余り商売熱心じゃあないようですぜ」

万助は苦笑した。

「それで良く店を続けていられるね」

「ま、商売の他に陰でいろいろやっているって噂ですよ」

「いろいろね……」

「ええ。安い品物を高く売ったり、他人さまには云えない事もね」

他人さまに云えない事には、騙りも入っているのかもしれない……。

幸吉は思いを巡らせた。

いずれにしろ、『福之屋』と富次郎を詳しく調べるしかないのだ。

幸吉は聞き込みを続けた。


太物店『川越屋』は大戸を閉めていた。

吉右衛門は、『川越屋』の前の路地に潜んで様子を窺った。

久蔵と蓑吉は見守った。

「吉右衛門の旦那、何をする気なんですかね」

蓑吉は困惑を過ぎらせた。

「さあて、何をするのか……」

吉右衛門は、喜多八が騙りの一味だと睨み、企みの張本人を突き止めようとしている。

久蔵は睨んだ。

雲海坊は物陰に潜み、吉右衛門と久蔵たちを見守った。

「雲海坊の兄貴……」

由松が現れた。

「おう……」

由松は、岡っ引の松五郎を見張っているはずだ。

「お前が此処にいるって事は……」

雲海坊は緊張を過ぎらせた。

「流石は雲海坊の兄貴。睨み通りで……」

由松は笑った。


半時が過ぎても、『川越屋』に動きはなかった。

吉右衛門は路地を出た。

「秋山さま……」

蓑吉は、緊張を過ぎらせた。

「うむ……」

久蔵は、『川越屋』に向かう吉右衛門を見守った。

吉右衛門は、『川越屋』の裏手に廻り込み、台所の窓から中を窺った。台所は薄暗く、人の姿はなかった。

吉右衛門は、勝手口の板戸を開けた。板戸に鍵は掛かっていなく、微かな軋みを鳴らして開いた。

吉右衛門は、薄暗い土間に忍び込んだ。

台所の先の店に人の気配がした。

喜多八を捕まえ、騙りの張本人が誰か吐かせてやる……。

吉右衛門は懐の匕首を握り締め、足音を忍ばせて框にあがった。足音が僅かに鳴った。吉右衛門は、台所の戸口に寄り、店先を窺った。

次の瞬間、浪人の近藤が現われて吉右衛門の腕を摑まえた。

吉右衛門は凍てついた。

「手前、何者だい……」

岡っ引の松五郎と清助が、喜多八と共に薄笑いを浮かべて現れた。

吉右衛門は、事を急いだのを悔んだ。

「毎日、うろうろしやがって……」

喜多八は、己の周囲に現われた菅笠の百姓に気が付いていた。

「面、見せて貰うぜ」

松五郎は、吉右衛門の菅笠を奪い取った。

吉右衛門の顔が露わになった。

「京屋の吉右衛門……」

喜多八は呆然とした。

「喜多八、私に騙りを仕掛けた張本人は誰だ」

吉右衛門は声を震わせ、喜多八に摑み掛かろうとした。だが、浪人の近藤が、吉右衛門の腕を厳しく押さえた。吉右衛門は、顔を苦痛に歪めて跪いた。

「驚かせてくれますぜ旦那、大川に身投げしたってのは嘘だったんですか……」

松五郎は、怒りと嘲りを過ぎらせた。

「松五郎、やっぱりお前も仲間だったんだな」

吉右衛門は、松五郎を激しく睨み付けた。

「旦那、今更どうだっていいじゃありませんか。お前さんはもう死んだ身なんですから」

松五郎は残忍に笑った。

「吉右衛門さん、さっさとあの世に帰って大人しくしているんですね」

喜多八は冷酷に告げた。

「近藤さん、この旦那は大川に身投げしてとっくに死んでいるんだよ」

「面白い。死人に遠慮は無用だな……」

近藤は、笑みを浮かべて刀の柄を握った。

その時、店の大戸が激しく叩かれた。

「川越屋さん、川越屋さん」

雲海坊の叫び声が聞こえた。

近藤、松五郎、清助、喜多八が、驚いて吉右衛門から店に視線を移した。

刹那、勝手口から塗笠を目深に被った久蔵が飛び込んで来た。近藤は、咄嗟に背後に飛び退いた。

久蔵は、吉右衛門を素早く後ろ手に庇った。

「何だ、手前……」

近藤は身構えた。松五郎、清助、喜多八が、慌てて久蔵と吉右衛門を取り囲んだ。

「手前らが京屋吉右衛門に騙りを仕掛け、金を奪った薄汚ねえ悪党どもか……」

久蔵は笑った。

「煩せえ」

松五郎は、凄味を効かせて怒鳴り、十手で殴り掛かった。

久蔵は、十手を躱して塗笠を取った。

松五郎は驚き、その顔から血の気が引いた。

「お前が切通しの松五郎か……」

久蔵は、松五郎を見据えた。

「あ、秋山久蔵さま……」

松五郎は、恐怖に突き上げられて激しく震えた。

剃刀久蔵……。

喜多八と近藤は、久蔵の正体に気付き、外に逃れようと店に走った。

刹那、久蔵は抜き打ちの一刀を放った。

心形刀流の鋭い一刀は、逃げる近藤の背中を浅く斬った。

血が飛び散った。

店の大戸が蹴破られ、陽差しが溢れんばかりに差し込んだ。

雲海坊が現われ、逃げる喜多八に襲い掛かった。喜多八は抗った。だが、雲海坊に容赦はなかった。

雲海坊の錫杖《しやくじよう》は、唸りをあげて喜多八の向こう臑に食い込んだ。

喜多八は、悲鳴をあげて倒れた。

松五郎と清助は勝手口に逃げた。

由松と蓑吉が現われ、松五郎と由松の行く手を塞いだ。

息の合った見事な連携だった。

「お、おのれ……」

背中に血を滲ませた近藤は、必死の形相で久蔵に斬り付けた。

「無駄な真似だぜ」

久蔵は、近藤の刀を弾いて蹴飛ばした。

近藤は壁に激突した。

壁が崩れ、天井から土埃が舞い落ちた。

近藤は必死に立ち上がり、獣のような咆吼をあげて久蔵に突き掛かった。

久蔵は僅かに身体を開いて躱し、近藤の刀を握る腕を無造作に両断した。

斬られた腕の握る刀は、宙を飛んで壁に突き刺さった。

近藤は、呆然とした面持ちになり、斬られた腕から噴き出した血で身体の均衡を崩して廻り、転がるように倒れて意識を失った。

由松は、石を包んだ手拭を振り廻して松五郎と渡り合い、蓑吉が清助と殴り合っていた。

久蔵は、清助を振り向かせて鳩尾に拳を叩き込んだ。

清助は昏倒した。

松五郎は、それを見て腰砕けにその場にへたり込んだ。由松は、松五郎の十手を取り上げて縄を打った。

「秋山さま……」

蓑吉は、肩で激しく息を鳴らした。

「大丈夫か、蓑吉」

「へい……」

「御苦労だったな……」

久蔵は労った。

木戸番と自身番の店番たちが駆付けて来た。

「これはこれは秋山さま、お出張り、御苦労さまにございます」

「うむ。南町に人を走らせ、人数を寄越すように伝えてくれ」

「承知致しました」

自身番の店番は駆け去った。

「あの、秋山さまは一体……」

蓑吉は、久蔵が何者か戸惑った。

「俺かい。俺は南町奉行所与力の秋山久蔵だ」

「与力の秋山さま……」

蓑吉は、激しく驚いた。

「さあて、吉右衛門。仔細を聞かせて貰おうか」

久蔵は、蹲っていた吉右衛門を助け起こした。

「は、はい……」

吉右衛門は、疲れ果てたように頷いた。

久蔵は笑った。


太物店『川越屋』の出店の番頭・喜多八は、呉服屋『京屋』吉右衛門への騙り事件の何もかもを白状した。

騙りは、纏まった絹織物が安く買えると云って金を受け取り、二束三文の傷物を摑ませて消える手口だった。

吉右衛門は、七百両の金を騙し取られていた。そして、岡っ引の松五郎が騙りの一味に関わりがあると気付き、身投げの狂言を打って探索する事にした。『京屋』のお内儀と番頭は、身投げが狂言だと知っており、訪れる者にぎこちない応対をしていた。

死んだ事になった吉右衛門は、昔からの知り合いの茂平に相談し、鬼子母神裏の古長屋を借りて貰い、いろいろ手助けをして貰った。茂平と蓑吉は、呉服屋『京屋』の様子を窺っては吉右衛門に報せていた。蓑吉が久蔵に不審を抱かれたのは、『京屋』の様子を窺っていた時の事だった。そして、吉右衛門は騙りの張本人を突き止め、町奉行所に訴え出る手筈だった。

吉右衛門は、岡っ引の松五郎から『川越屋』の番頭の喜多八に辿り着いた。そして、残る張本人を突き止めようとしていた。

騙りの張本人は、浅草広小路の呉服屋『福之屋』の主の富次郎だった。

弥平次と幸吉は、『福之屋』富次郎をお縄にした。

久蔵は、吉右衛門が生きているのを認めて、構いなしとした。

『福之屋』富次郎と喜多八には遠島の仕置を下し、それぞれの店を闕所とした。

そして、岡っ引の松五郎と清助を伝馬町の牢屋敷に送った。牢屋敷に入れられた元岡っ引ほど悲惨な者はいない。そこには、十手を悪用した松五郎に対する久蔵の怒りがあった。


神田明神門前町の居酒屋『つる亀』は常連客で賑わっていた。

久蔵は、店から洩れてくる楽しげな笑い声に微笑んだ。

「入らないのですか……」

弥平次は尋ねた。

「ああ。みんな、仕事を終えて楽しく酒を味わっているんだ。町奉行所の与力が顔を出して無粋な真似をする事もあるまい」

久蔵は苦笑した。

「じゃあ、うちで一杯やりますか……」

弥平次は誘った。

「折角だが親分、今夜は屋敷に帰るよ」

「そうですか……」

弥平次は微笑んだ。

久蔵は弥平次と別れ、夜風に吹かれながら八丁堀の組屋敷に向かった。

夜風は爽やかに吹き抜け、大川の川開きが近づいたのを報せていた。

文春文庫

秋山久蔵《あきやまきゅうぞう》御《ご》用《よう》控《ひかえ》

傀儡師《くぐつし》

定価はカバーに表示してあります

2011年12月10日　第1刷

著　者　藤《ふじ》井《い》邦《くに》夫《お》

発行者　村上和宏

発行所　株式会社　文藝春秋

東京都千代田区紀尾井町 3-23　〒102-8008
TEL　03・3265・1211
文藝春秋ホームページ　http://www.bunshun.co.jp

落丁、乱丁本は、お手数ですが小社製作部宛お送り下さい。送料小社負担でお取替致します。

印刷・大日本印刷　製本・加藤製本

Printed in Japan
ISBN978-4-16-780505-0

藤井邦夫の本——書き下ろし時代小説

神代新吾

（　）内は解説者。品切の節はご容赦下さい。

泡坂妻夫
写楽百面相
寛政の改革下の江戸の人々を衝撃的な役者絵が魅了した。謎の絵師・写楽の正体を追う主人公は、やがて幕府と禁裏を揺るがす妖しの大事件に巻き込まれ——傑作時代長篇推理。（縄田一男）
あ-13-12

泡坂妻夫
鳥居の赤兵衛　宝引の辰 捕者帳
大盗賊が活躍する読本「鳥居の赤兵衛」が、貸本屋の急死と同時に紛失。続きが読みたい清元の師匠・閑太夫《かんだゆう》は読本の行方を追うが……。お馴染み辰親分の胸のすく名推理。（末國善己）
あ-13-13

安能　務
韓非子（上下）
国家とは、権力とは何か。君主はいかにあるべきか。紀元前三世紀に「現代政治学」に通じる法治主義を説き、鋭い人間洞察を多数の逸話で綴った不朽の古典が、鮮やかな現代語で蘇る。
あ-33-2

浅田次郎
壬生義士伝《みぶぎしでん》（上下）
「死にたぐねえから、人を斬るのす」——生活苦から南部藩を脱藩し、壬生浪《みぶろ》と呼ばれた新選組の中にあって人の道を見失わなかった吉村貫一郎。その生涯と妻子の数奇な運命。（久世光彦）
あ-39-2

浅田次郎
輪違屋糸里《わちがいやいとさと》（上下）
土方歳三を慕う京都・島原の芸妓・糸里は、芹沢鴨暗殺という、新選組の内部抗争に巻き込まれていく。大ベストセラー『壬生義士伝』に続き、女の〝義〟を描いた傑作長篇。（末國善己）
あ-39-6

浅田次郎・文藝春秋 編
浅田次郎 新選組読本
『壬生義士伝』『輪違屋糸里』で新選組に新しい光を当て、国民的共感を勝ち得た著者によるエッセイ、取材時のエピソード、対談など、新選組とその時代の魅力をあまさず伝える。
あ-39-8

秋山香乃《かの》
歳三 往きてまた
鳥羽・伏見の戦いで新式装備の薩長軍になす術もなく敗れた歳三は、その後も東北各地で戦い続け、とうとう最果ての地・箱館にたどり着く。旧幕府軍最後の戦いに臨んだ歳三が見たものは。
あ-44-1

（　）内は解説者。品切の節はご容赦下さい。

秋山香乃
総司　炎《ほむら》の如く
新撰組最強の剣士といわれた沖田総司。芹沢鴨暗殺、池田屋事変など、幕末の京の町を疾走した、その短くも激しく燃焼し尽くした生涯を丹念な筆致で描いた新撰組三部作完結篇。
あ-44-3

荒山　徹
サラン・故郷忘じたく候
雑誌発表時に「中島敦を彷彿《ほうふつ》させつつ、より野太い才能の出現を私は思った」（関川夏央）と絶賛された「故郷忘じたく候」他、日本と朝鮮半島の関わりを斬新な切り口で描く短篇集。（末國善己）
あ-49-1

井上　靖
おろしや国酔夢譚
鎖国日本に大ロシア帝国の存在を知らせようと一途に帰国を願う漂民大黒屋光太夫は女帝に謁し、十年後故国に帰った。しかし幕府はこれに終身幽閉で酬いた。長篇歴史小説。（江藤　淳）
い-2-1

井上ひさし
手鎖心中
材木問屋の若旦那、栄次郎は、絵草紙の人気作者になりたいと願うあまり馬鹿馬鹿しい騒ぎを起こし……歌舞伎化もされた直木賞受賞作。表題作ほか「江戸の夕立ち」を収録。（中村勘三郎）
い-3-28

池波正太郎
おれの足音　大石内蔵助（上下）
吉良邸討入りの戦いの合間に、妻の肉づいた下腹を想う内蔵助。剣術はまるで下手、女の尻ばかり追っていた〝昼あんどん〟の青年時代からの人間的側面を描いた長篇。（佐藤隆介）
い-4-7

池波正太郎
鬼平犯科帳　全二十四巻
火付盗賊改方長官として江戸の町を守る長谷川平蔵。盗賊たちを切捨御免、容赦なく成敗する一方で、素顔は人間味あふれる人情家。池波正太郎が生んだ不朽の〈江戸のハードボイルド〉
い-4-52

池波正太郎
乳房
不作の生大根みたいだと罵られ、逆上して男を殺した女が辿る数奇な運命。それと並行して平蔵の活躍を描く鬼平シリーズの番外篇。乳房が女を強くすると平蔵はいうが……。（常盤新平）
い-4-86

（　）内は解説者。品切の節はご容赦下さい。

池波正太郎
忍者群像
陰謀と裏切りの戦国時代。情報作戦で暗躍する、無名の忍者たち。やがて世は平和な江戸へ——。世情と共に移り変わる彼らの葛藤と悲哀を、乾いた筆致で描き出した七篇。（ペリー荻野）
い-4-88

池宮彰一郎
受城異聞記
幕命により厳寒の北アルプスを越えて高山陣屋と城の接収に向かった加賀大聖寺藩士たちの運命は？　表題作ほか、「絶塵の将」「けだもの」など絶品の時代小説全五篇収録。（菊池　仁）
い-42-1

岩井三四二《みよじ》
月ノ浦《つきのうら》惣庄《そうしょう》公事《くじの》置書《おきがき》
室町時代の末、近江の湖北地方。隣村との土地をめぐる争いに公事（裁判）で決着をつけるべく京に上った月ノ浦の村民たち。その争いの行方は……。第十回松本清張賞受賞作。（縄田一男）
い-61-1

岩井三四二
十楽《じゅうらく》の夢
戦国時代末期、一向宗を信じ、独自に自治を貫いてきた地・伊勢長島は、尾張で急速に勢力を伸ばしてきた織田信長の猛烈な脅威に晒される。果たしてこの地を守り抜くことが出来るのか。
い-61-2

岩井三四二
大明国へ、参りまする
腕は立つが少し頼りない男が、遣明船のリーダーに大抜擢。その裏では、日本の根幹を揺るがす陰謀が進行していた。室町の遣明船を史実に基づいて描く壮大な歴史小説。（細谷正充）
い-61-3

岩井三四二
踊る陰陽師
山科卿醒笑譚《やましなきょうせいしょうたん》
貧乏公家・山科言継《ときつぐ》卿とその家来大沢掃部助《かもんのすけ》は、庶民の様々な揉め事に首を突っ込むが、事態はさらにややこしいことに。室町後期の京の世相を描いたユーモア時代小説。（清原康正）
い-61-4

宇江佐真理
余寒の雪
女剣士として身を立てることを夢見る知佐は、江戸で何かを見つけることができるのか。武士から町人まで人情を細やかに描く七篇。中山義秀文学賞受賞の傑作時代小説集。（中村彰彦）
う-11-4

（　）内は解説者。品切の節はご容赦下さい。

風野真知雄
耳袋秘帖
妖談かみそり尼
高田馬場の竹林の奥に棲む評判の美人尼に相談に来ていたという女好きの若旦那が、庵の近くで死体で発見された。はたして尼の正体とは。根岸肥前守が活躍する、新「耳袋秘帖」第二巻。
か-46-2

風野真知雄
耳袋秘帖
妖談しにん橋
「四人で渡ると、その中で影の消えたひとりが死ぬ」という「しにん橋」の噂と、その裏にうごめく巨悪の正体を、赤鬼奉行・根岸肥前守が解き明かす。新「耳袋秘帖」シリーズ第三巻。
か-46-3

風野真知雄
耳袋秘帖
妖談さかさ仏
処刑寸前、仲間の手引きで牢破りに成功した盗人・仏像庄右衛門は、下見に忍び込んだ麻布の寺で、仏像をさかさにして拝む不思議な僧形の大男と遭遇する——。新「耳袋秘帖」第四巻。
か-46-4

藤井邦夫
養生所見廻り同心　神代新吾事件覚
指切り
北町奉行所養生所見廻り同心・神代新吾。南蛮一品流捕縛術を修業する若く未熟だが熱い心を持つ同心だ。新吾が事件に挑む姿を描く書き下ろし時代小説「神代新吾事件覚」シリーズ第一弾！
ふ-30-1

藤井邦夫
養生所見廻り同心　神代新吾事件覚
花一匁
養生所に担ぎこまれた女と謎の浪人の悲しい過去とは？　白縫半兵衛、手妻の浅吉、小石川養生所医師小川良哲らの助けを借りながら、若き同心・神代新吾が江戸を走る！　シリーズ第二弾。
ふ-30-2

八木忠純
蜘蛛《くも》の巣店《すだな》　喬四郎　孤剣ノ望郷
悪政を敷く御国家老に父を謀殺された有馬喬四郎は、江戸の蜘蛛の巣店に身を潜めて復讐を誓う。ままならぬ日々を懸命に生きる喬四郎と、ひと癖ふた癖ある悪党どもが繰り広げる珍騒動。
や-47-1

八木忠純
おんなの仇討ち　喬四郎　孤剣ノ望郷
喬四郎の身辺は騒がしい。刺客と闘いながら、日銭稼ぎの用心棒稼業。思いを寄せるよも、父の敵を探しているという。偽侍の西田金之助は助太刀を買ってでる腹づもりのようだが……。
や-47-2